GWERSYLL
AR Y MYNYDD

Nofel i bobl ifanc
gan
Bernard Evans

GWASG CARREG GWALCH

(b) **Gwasg Carreg Gwalch**

Argraffiad Cyntaf: Tachwedd 1989

*Rhif Llyfr Safonol Rhyngwladol
0-86381-141-8*

*Cynllun y clawr, y map a'r lluniau
gan Seiriol Davies.*

*Argraffwyd a chyhoeddwyd gan Wasg Carreg Gwalch,
Capel Garmon, Llanrwst, Gwynedd.
(Betws-y-coed 261)*

BRYNACH

Sant a fu fyw ar ddiwedd y bumed ganrif a
dechrau'r chweched. Gwyddel o ran tras.
Cysylltir ef yn bennaf gyda Nanhyfer a Chwm
Gwaun yng ngogledd yr hen Sir Benfro.

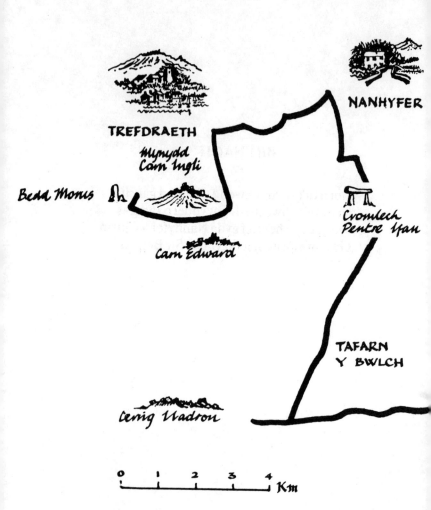

TREFDRAETH

Mynydd
Carn Ingli

Bedd Morris

Carn Edward

NANHYFER

Cromlech
Pentre Ifan

TAFARN
Y BWLCH

Cerrig Lladron

0 1 2 3 4 Km

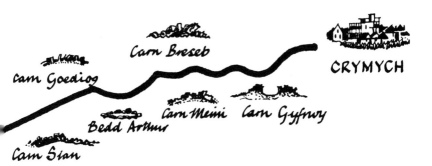

Carn Goediog

Carn Breseb

CRYMYCH

Carn Sian

Bedd Arthur

Carn Meini

Carn Gyfrwy

Y DAITH

I

"Mi fydd Anti Nel yn falch o'ch cwmni chi."

Roedd yn amlwg fod ei dad yn ceisio argyhoeddi'i hunan yn ogystal â'r tri arall yn y car. Nid atebodd Siôn; yn ystod ei bymtheng mlynedd ar y ddaear, roedd wedi hen arfer â chael ei yrru o un man i'r llall yn y wlad heb unrhyw batrwm na chynllun. Daliodd ati i edrych drwy'r ffenest flaen ar ruban y draffordd yn diflannu dan drwyn y Volvo. Roedd bwthyn Anti Nel cystal â'r un lle arall ar gyfer gweddill y gwyliau.

Roedd Leah â'i phen yn ei llyfr ac yn ymddangos fel pe bai wedi ymgolli'n llwyr ynddo. Ond fedrech chi fyth fod yn siwr o ddim, gyda Leah. Roedd wedi bod yn ferch brydferth ers y dydd y cafodd ei geni a'r prydferthwch hwnnw wedi rhoi hunanhyder iddi — llawer mwy o hunanhyder nag y disgwyliech gan rywun nad oedd ond dwy flynedd yn hŷn na Siôn. Roedd yn eithaf posibl ei bod yn gwrando ar bob gair o eiddo'i thad ac yn pwyso a mesur y cyfan y tu mewn i'w phen tlws. Ond yn sicr ddigon doedd Olwen ddim yn gwrando, ni fyddai'n gwrando ar hanner y pethau fyddai pobl yn ei ddweud wrthi. O gornel ei lygad, gallai Siôn ei gweld yn plycio wrth y croen marw ar gefn ei llaw chwith. Weithiau mi fyddai'n meddwl nad oedd Olwen yn llawn llathen. Erbyn hyn, a hithau wedi gadael ei hunarddeg, mi ddylai fod yn fwy atebol ac yn haws ei thrin, ond o hyd fe allai adael y byd allanol yn gyfangwbl a throi i

9

mewn i'w byd bach hi ei hun.

Teimlai Siôn fel dweud wrthi am roi'r gorau iddi a rhoi cyfle i'r croen wella ohono'i hun ond llwyddodd i wrthsefyll y demtasiwn. Efallai, wedi'r cyfan, bod ganddi ei phroblemau ei hun a bod y plycio diddiwedd yma'n ffordd o ddianc rhagddynt. Synnwyd Siôn gan ei feddyliau — dyma un o'r troeon cyntaf yn ei fywyd iddo fedru meddwl am Olwen fel person gyda phroblemau. Gwylltio a wnâi fel arfer a rhuo arni. Roedd wedi arfer meddwl amdani fel rhywun oedd yn rhy ifanc ac yn rhy dwp i feddwl am ddim, dim ond breuddwydio a bod yn broblem a phoendod i bawb arall. Mi fyddai'n ffrwydro a fflamio'n sydyn ac yna'n encilio i ryw gornel a swatio yno ar ei phen ei hun, ond heddiw fe allai Siôn weld yn glir fod rheswm ganddi dros fod yn ddifeddwl, yn atgofus, ac i droi i mewn arni hi ei hunan yn hytrach na wynebu problemau bywyd ac ysgol a theulu. Ie problemau, a phroblemau teuluol yn fwy na dim; ar ei mam ac ar ei thad oedd y bai am hynny.

Roedd clustiau'i dad yn fawr — yn rhy fawr i'w ben, a blaenau'r clustiau'n rhy goch ac yn gwthio allan ychydig yn ormodol. Ac roedd yn lliwio'i wallt. Ni fyddai Siôn ddim wedi sylwi ar hynny oni bai i Leah dynnu'i sylw at y peth,

"Creda di neu beidio, fel rwyt ti'n dewis," meddai honno un bore Llun yn ystod yr adeg pan oedd eu tad yn dal i dreulio'r penwythnosau gyda'i fam a'r teulu, "ond ceisia edrych yn ofalus ar ei wallt y bore 'ma ac edrych yn ofalus arno eto pan ddaw e nôl ddiwedd yr wythnos. Mi fydd wedi bod at y barbwr yn y cyfamser." Ac roedd Leah wedi bod yn iawn wrth gwrs, roedd rhaid ei fod wedi bod yn ddall i beidio â sylwi ar y peth ei hunan ymhell cyn hynny.

Doedd ei dad ddim yn rhywun i ymddiried ynddo. Roedd ganddo'r gallu i guddio llawer gormod o bethau y tu ôl i'r ffordd agored a chyfeillgar y byddai'n trin pawb a

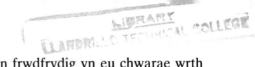
phopeth. Gallai ymuno'n frwdfrydig yn eu chwarae wrth iddo ddod yn ei ôl yn sydyn oddi ar un o'i deithiau ar ôl eu hesgeuluso'n gyfangwbl am wythnosau. Yna, yr un mor sydyn, mi fyddai'n diflannu eto ar ôl cyfres o alwadau ffôn yn llawn cyfeiriadau at gyllid ac elw. Dod i mewn i'w bywyd a mynd; mynd allan o'u bywyd a dod yn ei ôl unwaith eto, fel pe na bai hyn ddim yn tarfu ar batrwm bywyd y teulu o gwbl. A'r tro hwn roedd wedi addo'n bendant i'w mam na fyddai'n eu gadael tra byddai hithau ar ei gwyliau — a dyma nhw ar eu ffordd i Sir Benfro at Anti Nel bron yn union ar ganol y tair wythnos o wyliau hynny. Roedd yn mynd â nhw i lawr at Anti Nel a'u gadael yno, eu gadael fel tri pharsel anniben ar garreg ei drws.

Roedd yn nodweddiadol ohono ei fod yn gyrru Volvo. Roedd Siôn wedi hen benderfynu bod gyrwyr Volvos yn griw o bobol hunanol, rhai a hoffai amgylchynu'u hunain mewn cragen o ddur gan gau allan pob un a phob dim arall a allai ymyrryd â'u byd bach diogel. Byddai pethau a phobl yn taro'n eu herbyn ac yn cael eu taro nôl ac i ffwrdd, heb gyffwrdd â'r neb oedd y tu fewn i'r gragen honno. Roedd yn ffordd o ddiosg cyfrifoldeb dros y pethau y tu allan iddyn nhw — a gallai'i dad a'i debyg ddiosg pob cyfrifoldeb a dilyn eu trywydd eu hunain — yn union fel roedd wedi llwyddo i gael gwared ar ei gyfrifoldeb tuag at ei dri phlentyn.

Mi fyddai'n bryd i droi oddi ar y ffordd fawr cyn hir a dechrau igam-ogamu eu ffordd tuag at fwthyn Anti Nel. Doedd dim byd o'i le ar wyliau gydag Anti Nel, dim ond bod pob dim wedi'i setlo ac yna newid eto ar ôl i bethau edrych yn sefydlog a sicr am un tro yn ei fywyd, meddyliodd Siôn.

Roedd Anti Nel yn ddigon parod i'w derbyn, "Galla i ddim meddwl am adel i'r rocyn a'r rocesi fynd i aros mewn gwesty lle nad o's neb yn eu nabod. Ac mae digon o le iddyn nhw yma. Wês wir, digon o le, ond fydda i ddim yn gallu rhoi rhyw lawer o sylw iddyn nhw dros yr wythnos nesa. Ma'r ffestifal 'mlân 'da ni a'r côr yn canu ddwywaith lawr yn Nhyddewi 'na, a bydd 'na bentwr o bractiso 'to. Dwy waith y dydd os caiff y 'John Caneri' 'na ei ffordd." 'John Caneri' oedd yr arweinydd, mawr ei barch gan bawb ond y rhai ffraeth eu tafod fel Anti Nel. "Wês, 'ma 'na lond tŷ o groeso iddyn nhw ond fe fydd yn rhaid iddyn nhw edrych ar ôl eu hunain.''

"Fe allwch chi wneud 'ny, on'd allwch chi, griw?'' meddai'u tad yn siriol gan edrych o un wyneb i'r llall fel petai'n edrych am fymryn o frwdfrydedd yn rhywle. Leah, yn hollol annisgwyl, oedd yr un i ymateb,

"Mi fyddwn ni'n iawn — mae gen i brosiect a bydd hwn yn gyfle i'r tri ohonon ni.'' Gallai Siôn synhwyro'r rhyddhad wrth i'w dad ateb,

"Dyna ni te — dwy'n siwr y gallan nhw ddiddori'u hunain — fyddan nhw ddim trafferth o gwbwl i chi Nel.''

"Dyw'r plant fyth yn drwbwl — eu rhieni a'u hanwadalwch yw'r trafferth,'' meddai Nel gan dorri'r swigen o hunan gyfiawnder.

"Beth yw'r prosiect 'ma?'' holodd y tad. Nid oedd Leah'n barod i ddweud, ac roedd Siôn yn ddigon call i gnoi'i dafod yn hytrach na dangos ei anwybodaeth llwyr am unrhyw fath ar brosiect, ond roedd rhaid i Olwen roi'i phig i mewn,

"Dw i ddim yn gwybod dim am y prosiect.''

"Fe gei wybod, ac fe fyddi wrth dy fodd gydag e,'' atebodd Leah, "oni fydd hi Siôn?''

Nodiodd Siôn ei ben yn ddoeth ac roedd hynny'n ddigon i dawelu ofnau Olwen, dros dro, beth bynnag, ac yn esgus i'w tad ddianc.

Aeth y pedwar ohonynt at gât yr ardd flaen i'w weld yn mynd. Wrth godi'i llaw ar y car yn diflannu tuag at y ffordd fawr, 'fyny'r feidir fach' fel y dywedai Anti Nel am y lôn fach gul, sibrydodd Leah yng nghlust Siôn, "Sgwn i ai'r sgrifenyddes gyda'r gwallt melyn a'r cerrig ceirios 'na yn ei cheg sy wrthi'n pacio'i bag er mwyn mynd gyda'r *big white chief* o Faes Awyr y Rhŵs?"

Ni wyddai Siôn, ac i ddweud y gwir plaen, ni faliai ryw lawer — roedd yn teimlo'n rhy gynhyrfus a'r dicter o'i fewn fel talp caled o blwm yn ei stumog.

II

Roedd rhaid tynnu Olwen i mewn i'r cynllun. Fedren nhw ddim ei gadael ar ei phen ei hun ym mwthyn Anti Nel am ddiwrnodau, felly roedd rhaid ei denu i ddod gyda nhw. Roedd Nel mewn practis a'r lle'n dawel. Gorweddai'r mapiau ar fwrdd y stafell ganol. Ni fyddai Nel yn galw'r stafell yn stafell fwyta, ni wnâi'r un enw ond 'stafell ganol' y tro iddi,

"Dyna beth oedd Mam a dyna beth oedd Mam-gu'n ei galw — ac os o'dd 'ny'n ddigon da iddyn nhw, yna mae'n ddigon da i fi hefyd." Roedd Anti Nel wedi gwylltio wrth i Siôn mewn rhyw ffit o dynnu'n groes awgrymu;

"Oni ddylech chi alw'r stafelloedd 'ma yn ôl y defnydd ry'ch chi'n ei wneud ohonyn nhw?"

Ac roedd Anti Nel wedi edrych arno am hir cyn ychwanegu,

"Ma' tipyn o dy dad ynot ti Siôn bach — eisie ca'l trefen ar bob dim. Beth fyddet ti am alw'r tŷ bach te?"

Bellach roedd Leah wedi clirio'r llestri ar ôl cinio, Siôn wedi'u golchi, a rhoi'r lliain patrymog nôl ar y bwrdd derw, sgwâr. Doedd Olwen ddim i olchi'r llestri — cadw'i dwylo allan o'r dŵr, dyna oedd gorchymyn yr arbenigwr diwethaf i gael golwg ar groen ei dwylo. Roedd y rheiny fel petaent yn troi'n wyn a ffurfio plisgyn tebyg i'r plisg ar ochr rhai o bysgod y môr y byddai'u mam yn arfer eu rhwbio'n galed gyda lliain sgwrio er mwyn cael gwared ar eu crwyn cyn gwneud cawl pysgod. Ni fyddai'u mam yn trafferthu gwneud pethau tebyg bellach, dim ar ôl iddi hi a'u tad wahanu, dim ond coginio pethau digon plaen i'r pedwar ohonynt. Ond roedd rhaid cael Olwen i ddod gyda nhw os oeddent am fynd ar y daith gerdded.

Roedd hi'n eistedd wrth droed y goeden afalau ar ganol y lawnt gefn. Gallai Siôn ei gweld yno yn rhyw edrych i'r pellter, ei dwy law yn gorwedd yn fflat ar y garthen wrth ochrau ei choesau tenau, gwyn.

"Dere miwn 'ma, Olwen," gwaeddodd drwy'r ffenest agored, "mae Leah am sôn am y prosiect."

Roedd Olwen wedi edrych i lawr ar ei dwylo ac yna wedi codi a dod i'r tŷ yn ufudd ddigon. Eisteddai ar y gadair rhyngddynt yn cicio'i thraed nôl a blaen. Pe bai pethau'n hollol normal mi fyddai Leah wedi dweud wrthi am eistedd yn llonydd, ond roedd rhaid ei denu i ymuno â nhw, neu mi fyddai Anti Nel wedi rhoi'r clawr ar bob dim cyn iddynt ddechrau.

"Nawr, gwranda ar Leah," meddai Siôn, "fe gaiff hi ddweud beth hoffen ni ei wneud."

"Odyn ni'n mynd i chwilio am drysor?" holodd Olwen gan gyfeirio at y mapiau.

"Nag ydyn," atebodd Siôn, "gwranda gynta, ac yna fe gei di holi cymaint ag y leici di."

Roedd Leah wedi bod yn llawer mwy tyner wrthi,

"Wrth gwrs, mae Siôn yn iawn mewn un ffordd. Nid mynd i chwilio am drysor fyddwn ni — ond fe allen ni ddod ar ei draws wrth gwrs. Rydyn ni am fynd i gerdded ar hyd y topiau 'ma."

"Ydy hi'n ffordd bell?" holodd Olwen. "Fedra i ddim cerdded fel chi'ch dou."

"Ydy, mae hi'n ffordd bell — ffordd bell iawn, ond fyddwn ni ddim yn mynd yn rhy bell mewn diwrnod. Dim ond ychydig o filltiroedd ac yna gwersylla dros nos."

"Campio?" holodd.

"Ie, campio, os yw hynny'n well gyda ti."

"Gwneud bwyd ein hunen a chysgu mâs?"

"Coginio droson ni'n hunen a chysgu mewn dwy babell. Fydd dim rhaid i ti gario dim — bydd Siôn a finne'n gallu cario'r cyfan."

"Os ydw i am ddod gyda chi, yna rydw i am gario peth hefyd."

"Fei gei di," meddai Siôn, "ond fe allwn ni drefnu'r pethau hynny wedi i ni benderfynu mynd."

"A dim gorfod bwyta bwyd maethlon?"

"Na — pob dim leici di," atebodd Leah.

"Pys pôb a sosej bob pryd?"

"Wel, dim pob pryd efalle, ond digon ohonyn nhw. Wyt ti am ddod?"

Petrusodd Olwen am eiliad a holodd eto, "Pam?"

"Beth wyt ti'n meddwl wrth 'pam'?" meddai Leah. Roedd hi'n dechrau colli amynedd.

"Pam rydych chi am fynd i gerdded ar ben y mynyddoedd?"

"Dyna ro'n i'n mynd i esbonio. Dyna'r ffordd, medden nhw, roedd yr hen bobol slawer dydd yn arfer cerdded a mynd â'u ceffylau a'u trysorau o'r porthladdoedd bach i mewn i'r wlad. Roedd rhai'n arfer ei galw'n ffordd yr aur."

"Oedd y ffordd yn dod o Dyddewi hefyd?" holodd Olwen.

"Oedd, ac roedd pobol yn arfer ei defnyddio i fynd i Dyddewi hefyd."

"Honna oedd 'Ffordd y Pererinion'?"

"Wel, ie a nage," atebodd Leah.

"Beth wyt ti'n feddwl, 'Ie a nage'? Rhaid iddo fe fod yn 'ie' neu'n 'nage'!"

"Wel, roedden nhw'n mynd rhan o'r ffordd ar y topie ond roedden nhw hefyd yn galw yn rhai o'r eglwysi i lawr yn y gwaelodion, fel Nanhyfer."

Roedd hi'n amlwg fod Olwen am uniaethu ei hun gyda'r pererinion a daliodd Siôn ar y cyfle,

"Roedd y ddau ohonon ni wedi meddwl mynd oddi ar y ffordd i weld Nanhyfer, ac wrth gwrs fe fydden ni'n mynd ar hyd 'Ffordd y Pererinion' wedyn. Wyt ti am ddod gyda ni?"

Nodiodd Olwen ei phen, "Ydw, wrth gwrs." Yna, cododd i fynd allan.

"Dwyt ti ddim am glywed mwy am y cynllun?" holodd Leah.

Ysgydwodd Olwen ei phen yn benderfynol a gwelodd y ddau arall hi'n mynd yn ôl i'r ardd gefn, gosod ei chefn yn syth yn erbyn boncyff y goeden falau a gosod eu harddyrnau ar wyneb y garthen wrth eu hochr ac agor eu dwylo gyda'r cledrau i fyny.

"Diawch, mae'n dechrau actio'n rhyfedd eto," meddai Siôn.

"Mynd drwy un o'i chyfnodau crefyddol, lle mae'n dychmygu'i hun yn un o'r pererinion," atebodd Leah, gan ychwanegu, "Fe fuest ti'n effro iawn i fedru gweld beth oedd yn ei phoeni a chynnig y trip bach 'na i Nanhyfer. Cael caniatâd Anti Nel yw'r unig beth arall sy'n rhaid ei wneud. Mi fyddai'n well pe baet ti'n ceisio gwneud hynny — mae bob amser yn haws i fachgen droi hen ferch fel Nel. Tipyn bach o seicoleg nawr."

Doedd dim rhaid wrth lawer ohono. Roedd Anti Nel â'i phen yn llawn o ryw Recwiem neu'i gilydd ac ni fu Siôn yn hir iawn yn ei hargyhoeddi mai fe oedd y mwyaf cyfrifol a'r doethaf o feibion dynion ers dyddiau Solomon. Roedd ei brofiad o wersylla'n faith a chynhwysfawr, ac wrth wrando ar y datguddiad o'i rinweddau, meddyliai Leah y medrent wynebu holl beryglon yr Orinoco a Gwlad yr Iâ heb sôn am drip neu ddau i'r blaned Mawrth dan arweiniad y fath arwr. Gorffennodd y perfformiad drwy arwain Anti Nel at y mapiau a phrofi iddynt na fyddent, ar unrhyw adeg yn ystod y daith, yn bellach na rhyw bedair milltir o gyrraedd ffôn, neu ffordd fawr, neu ganolfan un o'r gwasanaethau achub. I goroni'r cyfan aeth ati gydag un o'i driciau wrth ddynwared sut roedd gofyn am gymorth i bob math ar ddyn estron o'r 'Au Seccours, m'sieu' hyd at 'Wês na ddim help 'dach chi i roces fach sy wedi troi ar ei ffêr lan ar y feidir 'na wrth y parcie mas draw,' a dynnodd chwerthiniad iach o wefusau Anti Nel. "Chi'n gweld Anti Nel, fydde hyd yn oed trogiau'r Preseli uchel ddim yn gallu gweid 'Na', fydden nhw?"

III

"Llawn cystal pe bydden ni wedi aros gartre." Roedd Siôn wedi cael mwy na digon. Roedd yr ystafell yn dechrau gwacáu a dim ond un neu ddau yn sefyll o gwmpas gan obeithio cael gair gyda'r darlithydd.

"Wn i ddim," meddai Leah, "fe geisiodd greu darlun o'r Preseli, on'd do?"

"Heb hyd yn oed allu ynganu 'Carn'. *Cairn*! yn wir. Gallet ti feddwl ein bod ni wedi dod yma i wrando ar rywun yn siarad am ganol Lloeger, yn hytrach na dod i wybod mwy am Garn Meini a Charn Alw..."

"Ond ar y daflen roedd 'Cipolwg ar y Preseli, ei hanes a'i ddaeareg', yn swnio'r union beth fyddai o ddiddordeb." Roedd Olwen yn teimlo mai arni hi oedd y bai am wastraffu'r noson.

"Paid â phryderu Ol fach — roedd e'n syniad da," ebe Leah, "a beth bynnag mae unrhyw wybodaeth yn well na dim."

"Fe ddylen ni fod wedi sylweddoli beth oedd yn aros amdanom ni. Dylai un golwg arni fod wedi dweud y cyfan," roedd Siôn yn dal i fod yn ddrwg ei dymer.

"Dewch, fe gawn ni goffi bach cyn mynd nôl," meddai Leah i geisio rhwystro Siôn rhag dechrau ar ei bregeth am wragedd oedd yn gwisgo ffrogiau llaes, amryliw, fel pebyll amdanyn nhw, ac yn addurno'u hunain gyda darnau o biwter a'r hyn a alwai'n 'jingelaris' o bob math. Cawsant fwrdd yng nghornel y stafell nesaf ac aeth Siôn i nôl y coffi.

Cyn gynted ag yr aeth dechreuodd Olwen ymddiheuro.

"Mae'n ddrwg 'da fi, Leah, doeddwn i ddim wedi meddwl mai rhyw sgwrs am olygfeydd ac ati fydden ni'n ei gael. Ac mae Siôn yn un o'i hwyliau drwg eto."

"Paid â phryderu dim — mae Siôn yn gallu cwyno am bob dim…"

"Esgusodwch fi…Cymry bach y'ch chi?" Roedd dyn bychan crwn yn sefyll wrth y bwrdd. Roedd Leah wedi sylwi arno yn y ddarlith yn rhyw gwtsio yng nghornel y stafell, heb fod yn bell iawn o'r drws.

"Wel ie, pam rydych chi'n holi?"

"Anamal iawn fyddwch chi'n cael Cymry mewn darlithiau fel honna — maen nhw wedi'u hanelu ar gyfer y 'fisitors'." Ac roedd rhyw ymyl yn ei lais wrth iddo ynganu'r gair.

"Ga i ymuno â chi?" meddai gan eistedd cyn i neb fedru ei rwystro. Roedd yn gwisgo trywsus brown, anorac fawr ac roedd ei ben yn grwn gyda barf oedd yn dechrau britho'n tyfu allan i bob cyfeiriad. "Dydych chi ddim yn cael llawer o Gymry yn cymryd diddordeb yn yr hen ardal gwaetha'r modd."

"Wel, mae diddordeb gennym ni." Doedd dim gobaith rhwystro Olwen, "Rydyn ni'n mynd i ddilyn llwybr y pererinion ar hyd y topiau 'na."

"Ac fe hoffech chi ddysgu tipyn am y pethau fyddwch chi'n eu gweld. Dyma i chi'r rhan orau, y rhan fwyaf diddorol o Gymru — o'r byd i gyd yn fy marn i. Chewch chi ddim yr hanes na'r weledigaeth yn y pethau sy wedi'u paratoi ar gyfer y 'fisitors'." Doedd dim modd osgoi clywed y nodyn o wawd yn ei lais.

"Ond mae'n rhaid wrthyn nhw, on'd oes?" meddai Leah.

"Dim modd gwneud hebddyn nhw'n anffodus, ond fe hoffwn i pe bawn i'n gallu cael gafael mewn Cymry bach gyda diddordeb yn yr hen hanes."

"Mae gyda chi griw yma nawr — mae hyd yn oed Siôn am wybod, er nad oes ganddo lawer o amynedd i eistedd yn llonydd a gwrando." Roedd eiddgarwch Olwen yn heintus.

Ymledodd gwên i lygaid y dyn bach crwn. "Bill Huws ydw i. Roeddwn i'n athro hanes draw yng Ngwent, a rydw i newydd ddechrau ar swydd newydd fel ceidwad henebion yn y Preseli."

"Henebion?" holodd Olwen.

"Ie, hen olion o'r oesoedd a fu — ac un o'r pethau rydw i am ei wneud yn fawr iawn yw cael dechrau dysgu i Gymry fel chi ychydig am hen, hen hanes yr ardal wyrthiol hon."

"Y seintiau, a phob dim fel 'na?" Doedd dim dal nôl ar Olwen unwaith roedd ei sylw wedi'i gyfeirio at hanes y seintiau.

"Rydych chi'n gweld," meddai Bill, gan chwifio'i freichiau o gwmpas i gynnwys y bobl eraill yn yr ystafell, "does gan y bobol 'ma ddim y cefndir na'r awydd i ddod i wybod am yr hanes yn llawn. Golygfeydd a phethau felly sy'n mynd â'u holl fryd nhw — dydyn nhw'n gwybod dim am y chwedlau nac am wybod chwaith." Newidiodd ei drywydd yn sydyn, "Ydych chi ar frys gwyllt?"

"Roedden ni wedi addo i Anti Nel na fydden ni ddim yn hwyr heno, gan ein bod am ddechrau cerdded bore fory," atebodd Leah dros y tri ohonyn nhw.

"Nel, Penfeidir?"

"Ie, dyna chi, Anti Nel."

"Os ydw i'n nabod Nel, fydd hi ddim adre o'r canu 'na cyn deg. Dewch, fe hoffwn i ddangos cwpwl o bethe i chi — ac fe fyddwch yn glyd yn eich gwelyau cyn bod Anti Nel wedi gorffen difrïo arweinyddion corau. Dewch!"

Arweiniodd y ffordd allan o'r gwesty ac at hen Land Rover oedd yn sefyll ar ei phen ei hun yn y maes parcio, fel pe na bai un o'r ceir eraill yno am gysylltu'i hun gyda'r anghenfil dan ei haenau o laid a baw. Symudodd Bill ddarnau o gerrig a choed yn y cefn i roi lle i Siôn a dringodd ef a'r ddwy ferch i'r seddau blaen, ac ymysg bwldagu a chymylau o fwg disel, roeddent ar eu ffordd.

* * *

Roedd bwthyn Bill Hughes yn gweddu'n union iddo. Dim ond digon o le i rywun symud nôl a blaen o gwmpas y bwrdd crwn yng nghanol yr ystafell rhwng y ddwy gadair ledr esmwyth, groesawgar eu golwg, a'r hen fainc bren, a'r gweddill o'r lle — pob cornel ohono'n llawn dop o greiriau o bob math.

"Bydd rhaid i fi ddechrau cael trefn ar y pethau hyn," meddai gan gyfeirio at y geriach a lanwai pob cornel o'r stafell. Yna, cydiodd mewn llyfr a'i osod ar y bwrdd, "Dyma'r lle i ddechre, os am fynd ar ôl hen hanes y Preseli — y Mabinogi. Mae hwn yn well cyflwyniad i ramant y lle na dim arall. Wyddoch chi mai dim ond rhyw ychydig o filltiroedd o Grymych — draw yng Nghwm Cuch fan hyn," meddai gan agor map dros y llyfr," y dechreuodd holl helyntion y Mabinogi? Draw fan hyn y gwnaeth Pwyll gyfarfod â Brenin Annwfn! Annwfn — y byd tanddaearol. I ni heddiw, uffern yw'r byd tanddaearol, ond i'r hen Geltiaid, byd dwfn iawn yn llawn o ramant a phwerau anhygoel oedd y byd tanddaearol. Lle arallfydol oedd Annwfn!"

Roedd fel gwers mewn hanes, ond hanes gwahanol iawn i'r hanes a ddysgent yn yr ysgol.

"Roedd Annwfn yr hen Geltiaid bob amser yn agos iawn i'r byd hwn. Roedd yr hen bobol fel pe baent yn gallu symud rhwng y ddau fyd yn hawdd iawn. A'r lle i wneud hynny hawsaf oedd ar y Preseli."

Tywyllodd yr ystafell fach a dim ond y golau dros y bwrdd bychan crwn a oleuai'r lle. O'r braidd gallai'r bobl ifanc weld ei gilydd wrth blygu dros y mapiau ar y bwrdd. Yn yr hanner gwyll, roedd y darnau o greigiau a choed ar y map yn edrych yn fygythiol ac roedd wyneb Bill yn hanner cuddiedig gyda dim ond ei lygaid glas yn disgleirio yng ngolau'r lamp. Cerddai iasau oer ar hyd eu cefnau wrth wrando ar y llais yn sôn am y frwydr barhaus rhwng y byd hwn a byd arall y Celtiaid. Roedd gan Bill ei syniadau gwyllt ei hun ynghylch y cerrig a gludwyd o Garn Meini i Gôr y Cewri yn Lloegr — roeddent yn ffordd sicr o fynediad i'r byd arall hwnnw a hefyd yn ffordd o'i gau allan o fywyd pob dydd. Ac roedd y cerrig mawr a safai'n rhesi ar hyd y topiau ag ystyr arall iddyn nhw — roedd Bill yn eu galw'n *Ley Lines*, math ar linellau i anelu'r ffrydiau o ynni oedd yn cysylltu'r ddau fyd. Lleoedd i gronni'r pwerau i fedru gwrthsefyll pwerau'r byd tanddaearol, bygythiol hwnnw — yr Annwfn oedd mor agos i'r wyneb ar hyd y topiau.

Yn sydyn tawodd. Diflannodd yr hud a'r lledrith ac roeddent unwaith eto'n sefyll o gwmpas y bwrdd bychan crwn, mewn bwthyn wrth droed y Preseli yn hytrach nac yn ôl yn y gorffennol pell ble roedd pwerau Annwfn yn ymladd yn erbyn pwerau'r byd hwn.

"Dim ond theori yw'r cyfan wrth gwrs," meddai Bill, "ond rhyw ddiwrnod rydw i am gysylltu'r cyfan gyda brwydr y seintiau fu wrthi'n ceisio dysgu'r bobol yn yr ardaloedd hyn — y seintiau o ddyddiau Dewi hyd at Brynach. Dewch, mae'n bryd i mi fynd â chi adref cyn i Anti Nel ddod yn ei hôl, a gweld eich eisiau chi."

Tawel iawn fu pob un o'r tri, hyd yn oed Siôn, ymhell wedi i Bill Hughes ei throi hi am adref a'u gadael yn Penfeidir. Torrodd Siôn ar y distawrwydd,

"Diawch, dyna beth oedd diwrnod — hwnna a'i storïau

hanner call a dwl yn codi llawn bol o ofn arnon ni ar ôl i'r fenyw hurt 'na ein diflasu ni i gyd." A chan ymestyn yn ddioglyd, ychwanegodd, "Rydw i am ei throi hi i'r gwely i gael anghofio am y cyfan. Fe fyddwn ni ar ein ffordd yfory, diolch am hynny."

"Pam?" holodd Olwen, pan oedd hi a Leah yn eu gwelyau, "pam fyddai Bill Hughes am ein dychryn?"

"Nid ein dychryn efallai," atebodd Leah, "dim ond rhoi rhyw fath o rybudd i ni i beidio â chymryd pethau'n rhy ysgafn a mynd i ymhel â'r pwerau 'na sy'n gorwedd mor agos i'r wyneb ar hyd a lled y Preseli."

"Ie, siwr, ac wrth gwrs mi fydd y seintiau yno i'n gwarchod hefyd oni fyddant?"

Nid atebodd Leah, ac roedd Siôn wedi mynd i gysgu ers oesoedd.

Wrth eu gadael o'r Metro ar gyffiniau Crymych roedd Nel yn llai ffyddiog — yn llawer mwy pryderus yn eu cylch, "Nawr, chi'ch dou — drychwch chi ar ôl Olwen fach nawr. Dim mynd fel y cythraul a gwneud i'r hen un fach ladd ei hunan yn llwyr wrth drial eich dal chi. Cofiwch chi nawr. A dewch ar y ffôn 'na os cewch chi gyfle."

"A phan gawn ni gyfle," meddai Leah, "fydd 'na neb yn y tŷ a chithe'n canu mewn practis neu gyngerdd."

"Beth wyt ti'n ei feddwl, los?" holodd Anti Nel.

"Dim ond dweud wrthoch chi na fydd 'na ddim i boeni yn ei gylch os na chlywch chi. Efallai y byddwn ni wedi ffonio a chithe allan, dyna i gyd."

"Wel ie," dechreuodd Anti Nel, "ond peidiwch chi â mentro gormod nawr. Mae mis Awst yn gallu bod yn ddigon twyllodrus. Mae storom Awst yn gallu'ch taro chi'n hollol ddirybudd. Os gwelwch chi fod pethe'n dechre cymysgu gyda'r tywydd yna, lawr o'r topie 'na ar unwaith. Rydw i'n cofio un storom gawson ni ychydig o flynydde'n ôl — dyna beth oedd..." A thorrodd Olwen ar ei thraws, "Gawn ni ddechre?"

Edrychodd Nel arni am eiliad cyn taro cusan ysgafn ar ei boch a'i chofleidio'n dynn,

"Ie, cer di Olwen fach, a bydd di'n ofalus — paid â mynd i hela meddylie lan ar y topie 'na." Trodd at y ddau arall, "A chofiwch chi i edrych ar ei hôl hi."

Cyn pen dim, roedd y tri'n brasgamu ar hyd y feidir fach ac yn anelu at y Preseli. Siôn, wedi cael siars i beidio â mynd yn rhy gyflym ar y blaen, Olwen o'i ôl â'r sach gysgu a fawr ddim arall yn y sgrepan ar ei chefn, ac yna Leah i wneud yn siwr fod pawb yn cadw gyda'i gilydd.

Gadawsant y feidir a mynd drwy gât i'r mynydd-dir.

"Gawn ni olwg fach ar Foel Trigarn?" holodd Siôn, "Wyt ti'n meddwl y gelli di ei gwneud hi a cherdded at Garn Gyfrwy cyn i ni wersylla Olwen?"

Edrychodd Olwen ar y mynydd yn codi o'i blaen — gwthiai melyn llachar yr eithin drwy lwyni porffor y grug yn ddeniadol yn yr heulwen — dim ond y creigiau tywyll ar grib y Foel edrychai'n fygythiol.

Nodiodd Olwen, "Dydw i ddim am i chi feddwl mai plentyn bach sy 'da chi — rydw i'n unarddeg — bron yn ddeuddeg, cofiwch."

Roedd golwg benderfynol ar ei hwyneb.

"Cymer bwyll nawr Siôn — dydyn ni ddim am ladd ein hunain bron cyn i ni ddechrau," meddai Leah, ac i ffwrdd â'r tri ohonyn nhw ar hyd y llwybr ar draws y gweundir.

Roedd y cerdded yn hawdd, a'r llwybr yn weddol o wastad hyd nes iddynt gyrraedd godre'r mynydd. Doedd y dringo'i hun ddim yn ormod o dreth a chyn pen dim roeddent wedi cyrraedd y copa. Gorweddai carn o gerrig ar y pen ucha ac yma eisteddodd y tri. Roedd hi'n braf yn yr haul a diod oren yn fendith ar lwnc a gwefus. Gorweddai'r wlad oddi tanynt yn dawel dan heulwen Awst

— y môr yn las gydag ambell hwyl wen arno fel pe bai'r cychod hwylio wedi'u gosod yn ddisymud arno fel mewn llun. Ymhell i'r gogledd gallent weld amlinell Pumlumon a'r mynyddoedd yn borffor. Ar y llaw arall, glas y môr yn ymestyn draw at y gorwel. Agorodd Leah'r map a bu hithau a Siôn yn ceisio nodi Llandudoch ac Aberteifi, trwyn Lochdyn a Llangrannog,

"Olwen, dyna i ti Langrannog draw y tu ôl i..." dechreuodd Siôn, ond doedd yno neb yn gwrando. Doedd dim un sôn am Olwen. Gorweddai'r sgrepan wrth droed y garn o gerrig, ond roedd Olwen wedi diflannu.

"Ble ar y ddaear mae hi wedi mynd?" holodd Leah.

"Fydd hi ddim ymhell," atebodd Siôn. "Mae'n cael golwg ar y Cytiau Gwyddelig siwr o fod." Gwaeddodd arni ond ni ddaeth ateb. Cydiodd yn sgrepan Olwen gyda'i un ef a dangosodd mai dim ond esgus oedd ei diffyg pryder wrth sgathru ar ei draed, a chychwyn ei ffordd drwy ganol y mieri tua'r darn gwastad lle gorweddai'r Cytiau Gwyddelig.

Roedd y rhedyn wedi tyfu'n uchel yno a dim ond yn y pen draw y gellid gweld y cylchoedd o gerrig a ffurfiau seiliau'r hen drigfannau. Leah oedd yr un a welodd Olwen. Pwysai yn erbyn un o'r cerrig mawr ac amgylchynai'r ffos ddofn oedd yn rhan o amddiffynfa'r hen gaer,

"Dacw hi," meddai, a chyn i Siôn gael cyfle i ddweud dim, ychwanegodd, "Paid gweiddi arni rhag i ti godi ofn arni. Awn ni draw ati'n dawel."

Roedd rhaid bod Olwen wedi'u clywed yn dod ond cymerodd arni nad oedd yn ymwybodol eu bod yn sefyll yno, un o'r bob ochr iddi.

"Olwen!" meddai Leah'n dawel. Nid atebodd Olwen am eiliad, yna,

"Ie?" meddai.

"Beth wyt ti'n ei wneud yma?"

"Edrych," atebodd.

Ar ben Moel Trigarn.

Ni fedrai Siôn ddim ymatal mwy,

"Nawr, fe wnaethon ni addo i Anti Nel y bydden ni'n gofalu amdanat ti, a dyma ti'n dianc y cyfle cynta wyt ti'n ei gael."

"Dianc? Na, dim ond mynd i weld wnes i. Roedd e'n fy nhynnu ato."

"Fe?" holodd Leah.

"Ie, fe," atebodd.

"Pwy yw'r fe 'ma?"

"Wel, hwnco — hwnna sy'n mynd heibio i'r creigie 'co," a phwyntiodd at Carn Breseb.

"Wela i neb yno," meddai Siôn yn chwyrn, "Rhagor o dy driciau di eto."

"Na, Siôn," meddai Leah yn rhybuddiol. "Ble mae e Olwen?" holodd.

"Mae e ar ddiflannu heibio iddyn nhw. Weli di fe Leah?"

Doedd Leah ddim yn siwr.

"Mae e wedi mynd," meddai Olwen.

"Doedd 'na neb yno o gwbl — rhagor o dy ffansïe ffôl di eto," meddai Siôn.

Gwnaeth Leah arwydd arno i dewi.

"Mae e wedi mynd," meddai wrth Olwen. "Dere, fe awn ni ar ein ffordd."

V

Taith fer oedd hi i Garn Gyfrwy. Teimlai Siôn ei bod yn well ailafael yn y llwybr na mynd yn syth ar draws y tir corsiog. Roedd Olwen, yn amlwg, mewn un o'i chyfnodau anodd ac fe allai yn rhwydd fynd i fath o freuddwyd eto a chamu i mewn i un o'r pyllau duon yn y mawn. Brysiai'r defaid o'u ffordd wrth iddynt droelli rhwng y cerrig a orweddai yma a thraw ar hyd y tir gwastad rhwng y Foel a'r goedwig fach. Brefai rhai o'r ŵyn wrth golli cysylltiad â'u mamau ac ymddangosai pob dim yn hollol normal unwaith eto.

Roedd ffordd bron fel ffordd drol yn mynd â nhw dros y gefnen, a disgleiriai pyllau o ddŵr mawnog, du ar hyd iddo rhyngddynt a'r Garn. Cerddai Olwen â'i phen i lawr fel pe bai wedi colli diddordeb ym mhob peth, ac i geisio ennyn ychydig o frwdfrydedd ynddi, dechreuodd Siôn sôn am y gwahanol ddarnau mawr o graig a ymwthiai o ganol y grug o'i blaen.

" 'Carnau' maen nhw'n galw'r darnau o graig a weli di — mae Carn Gyfrwy o'n blaen a'r tu ôl i honno Carn Meini. I'r dde mae Carn Breseb a Charn Alw."

"Y tu ôl i Garn Breseb diflannodd yr hen ddyn rhyfedd yna," oedd unig ymateb Olwen.

Doedd dim rhaid i Leah ei rybuddio, roedd Siôn eisoes wedi penderfynu peidio â chymryd sylw o ddynion dychmygol Olwen,

"Mae gen i lawer o bethau i'w dweud wrthyt ti am Carn

Meini. Gei di weld pan ddown ni yno. Y tu ôl i'r Carnau mae'r mynydd agored yn codi. Mi fyddwn ni'n dringo dros hwnnw yfory a 'moelydd' yw'r rheiny — nid 'carnau'.''

Nodiodd Olwen ei phen,

"Ac mae 'Ffordd y Pererinion' yn arwain drostynt?''

"Wel, 'Ffordd y Pererinion' os mai dyna wyt ti am ei galw, ond 'Ffordd yr Aur', neu 'Ffordd y Trysor' fydd pobol yn yr ardal yn ei galw,'' ychwanegodd Leah.

"Mae'n well gen i feddwl amdani fel 'Ffordd y Pererinion','' atebodd Olwen.

"Yna 'Ffordd y Pererinion' gaiff hi fod,'' meddai Leah, a daeth cysgod gwên dros wyneb Olwen.

"Mi fydd yn straen ar bawb cyn diwedd y daith os yw Olwen am gael ei ffordd ei hun ym mhob dim,'' meddyliodd Siôn. A dyna fyrdwn yr hyn ddywedodd wrth Leah wrth iddynt gyrraedd Carn Gyfrwy ac eistedd ar y darn o laswellt gwyrdd rhwng dwy big y graig a roddai'r enw i Carn Gyfrwy. Roedd wedi rhoi benthyg y gwydrau bach a ddefnyddiai i wylio adar i Olwen, a hithau wedi dringo i fyny'r creigiau i gael gwell golwg ar yr olygfa.

"Na, dim ond am gyfnodau byr fydd hi'n cael y pyliau hyn, Siôn. Mae'n rhaid dy fod ti wedi sylwi ar hynny dy hunan.''

Ysgydwodd Siôn ei ben.

"Wel, creda di fi — rydw i wedi'i gweld hi fel hyn o'r blaen. Fydd dim rhaid i ni ond cadw llygad arni am heno a rhan o fory efallai, ac fe fydd yn iawn. Mi fydd wedi anghofio'r cyfan am y pwl bach ac yn normal unwaith eto.''

Fe fydd hi nôl yn cwyno am gyflwr ei thraed a chrintach am bob dim wyt ti'n feddwl?''

"Dyna ti, i'r dim. A sôn am gadw llygad arni, cer i weld beth mae'n ei wneud bellach.''

Cododd Siôn a dringo i ddilyn Olwen. Roedd honno'n sefyll â'i dwy benelin ar wyneb gwastad craig gan ddal y gwydrau at ei llygaid.

"Beth wyt ti'n ei weld Ol fach? Pen Dinas a'r môr a'r bryniau i lawr at Dyddewi?" Gosododd Olwen y gwydrau ar y graig a throi ato,

"Mae'n rhyfedd ond mae'r dyn bach wedi diflannu. Does dim sôn amdano'n unman."

Er mwyn peidio â'i chythruddo holodd,

"Beth oedd e'n ei wisgo Ol? Os nad oedd ganddo anorac olau a lliwgar, braidd yn amhosibl fyddai i'w weld yn erbyn y Moelydd."

"Ie, rhyw glogyn brown tywyll oedd ganddo. Ond mae'n siwr gen i ei fod e wedi diflannu."

"Paid becso, efallai y cwrddwn ni ag e eto ar ein taith." Goleuodd llygaid Olwen yn hapus,

"Wyt ti'n meddwl 'ny Siôn? Gobeithio y gwnawn ni wir, mi fyddai'n braf cael ei gwrdd yn iawn. Rydw i'n siwr ei fod yn ddyn bach hyfryd er mor arw oedd e'n edrych."

"Rho'r gore i'r chwilio nawr," meddai Siôn. "Fe awn ni'n dau draw i gael golwg ar Garn Meini. Rydw i wedi addo dangos rhywbeth i ti on'd do?"

"Ond beth am Leah?"

"Mi fydd Leah'n iawn, ac fe gei di ddangos tipyn arnat ti dy hun wrth ddweud hanes Carn Meini wrthi."

"Na, dydw i ddim yn meddwl, dydw i ddim yn un am ddangos fy hun."

"A phwy oedd yn cael hon'na tybed!" meddyliodd Siôn.

Dilynodd Olwen ef i lawr o Garn Gyfrwy, ar draws y gwastadedd hyd at Carn Meini.

"Edrych di'n ofalus ar y cerrig mawr, nawr Ol," meddai.

"Maen nhw'n ddigon tebyg i'r rhai ar Carn Gyfrwy ond bod 'na fwy ohonyn nhw."

"Dyna pam maen nhw'n galw'r lle 'ma'n Carn Meini — a beth fyddet ti'n ei ddweud am eu lliw?

Ni chafodd ateb. Aeth yn ei flaen,

"Cerrig glas neu feini gleision maen nhw'n galw'r rhain. Fedri di ddringo i ganol y rheina?" Pwyntiodd Siôn at glwstwr o greigiau uwch eu pennau. Nodiodd Olwen ei hateb.

"Bydd di'n ofalus nawr." A dringodd y ddau i'w canol.

"O'r fan yma roedden nhw'n mynd â rhai o'r cerrig i Gôr y Cewri — *Stonehenge* — y cerrig gleision sy' yno. Os edrychwn ni'n ofalus efallai y gallwn ni weld ble roedden nhw'n eu torri."

Crafangodd y ddau eu ffordd rhwng y meini a orweddai dros y lle i gyd.

"Mae'n edrych fel pe baen nhw wedi torri un fan 'ma," meddai Olwen. "Mae fel petai darn syth o'r graig yn eisiau."

"Efallai wir," atebodd Siôn. "Wyt ti'n gwybod sut roedden nhw'n eu torri o'r graig?"

"Gyda gain a morthwyl siwr o fod."

"Doedd ganddyn nhw ddim haearn, dim metel o gwbl — roedden nhw'n cynnau tân mewn hollt yn y graig. A phan fyddai'r garreg yn eirias o dwym fe fydden nhw'n arllwys dŵr oer ar y garreg a gwneud iddi hollti."

"Y dynion bach tywyll oedd y rheiny," meddai Olwen, "llawer mwy caredig na'r rhai eraill 'na."

Ni wyddai Siôn beth i'w ddweud — sut roedd hon yn gwybod am yr Iberiaid a'r Goedeliaid?

"Doedd y rhai tal, gwallt golau 'na'n meddwl am ddim byd ond am ymladd a gorthrymu. Y rhai bach oedd yn codi pethau fel y meini 'na — gweithio gyda'i gilydd yn lle ymladd â'i gilydd."

Daeth llais Leah i'w galw i swper.

"Fe gawn olwg arall ar y rhain cyn dechre bore fory," meddai Olwen.

"Cyn mynd ar 'Ffordd yr Aur'," meddai Siôn.

" 'Ffordd y Pererinion', rwyt ti'n feddwl," atebodd Olwen.

VI

"Dechreuad da i'n taith a gaed," meddai Leah wrth iddynt eistedd wrth geg y pebyll wedi swper. Roedd hi'n tueddu i ddyfynnu darnau o farddoniaeth ac yn amlach na dim yn eu newid ar gyfer ei phwrpas ei hun. Fe fyddai hyn yn gwylltio Siôn ac mi fyddai, fel arfer, yn ymosod arni am wneud sioe fawr o'i gwybodaeth. Ond, heno, â'i fola'n llawn a'r haul yn machlud dros y môr, a'r uchelderau a'u carnau o gerrig yn ymwthio i'r awyr glir, eu hymylon yn ddu yn erbyn goleuni'r wybren, roedd yn hapus gyda'i fyd. Roedd yn barod i Leah a phawb arall yn y byd crwn, cyfan rannu yn yr hapusrwydd hwnnw.

Eisteddai Olwen yn dawel rhwng y ddau ohonynt, roedd yn edrych draw i'r pellterau,

"Ie, dyna beth fyddwn ni'n anelu at ei wneud yfory," meddai Siôn. "Tipyn o ffordd on'd yw hi?

"Wyt ti'n meddwl y bydd hi'n rhy bell i ti?" holodd Leah.

"Na. Fydd hi ddim yn rhy bell," atebodd Olwen ac ychwanegodd, "ac efallai y gwelwn ni'r hen ddyn rhyfedd eto."

Roedd Siôn wedi cael hen ddigon ar yr holl sôn am ddrychiolaethau o ddynion. Doedd neb ond Olwen wedi'i weld ac wedi'r cyfan, Olwen oedd Olwen.

"Rho'r gorau iddi. Rydyn ni i gyd wedi cael llond bola ar y sôn yma am y dyn..." Yna gwelodd yr olwg ar wyneb Leah a thawodd. Doedd Olwen ddim fel pe bai wedi sylwi arno o gwbl ac ymddangosai fel pe bai'n dal o fewn ei meddyliau hi ei hun ac yn ôl ar ben Carn Meini pan ddywedodd,

"Rhai digon diniwed oedd yr hen ddynion bach, tywyll oedd yn arfer byw ar y topiau 'ma. Nid fel y rheiny wnaeth yr hen geyrydd a'r cytiau Gwyddelig..." Yna, yr un mor ddisymwyth, tawodd gan droi ei sylw oddi ar y ddau arall ac edrych draw tua'r ffordd a'u hwynebai y diwrnod nesaf.

Edrychodd Leah ar Siôn gan godi'i hysgwyddau i fynegi'i dryswch ac wrth i'r haul fachlud a'r mynyddoedd droi'n borffor yn erbyn cochni wybren y gorllewin aeth pob un i'r pebyll a thwrio'n ddwfn i'r sachau cysgu.

Yn yr hanner gwyll y tu mewn i'r babell, bu Leah'n syllu'n hir ar amlinell Olwen. Roedd wedi mynd i gysgu'n syth a gorweddai yno nawr gyda'i dwylo y tu allan i'r sach gysgu. Roedd yn anodd gweld ei hwyneb yn glir ond gallai Leah synhwyro nad oedd yn dangos y tyndra oedd yn nodweddiadol ohoni. Ymddangosai'n llawer mwy boddus — yn union fel yr oedd pan yn sôn am y dyn rhyfedd roedd wedi'i weld, neu wedi dychmygu'i weld o'r Cytiau Gwyddelig ar ben Moel Trigarn.

"Efallai y gwnaiff y newid a'r siwrnai hon fyd o les iddi druan," meddyliodd, cyn troi ar ei hochr a mynd i gysgu fel ei chwaer.

Ni wyddai Leah beth oedd wedi'i deffro. Nid oedd carreg, na dim arall gydag ymyl caled, yn gwthio'i ffordd i'w chefn na'i hochr drwy'r sach gysgu, ond roedd rhywbeth wedi tarfu ar ei chwsg ac roedd yn gwbl effro. Gwrandawodd... doedd dim i'w glywed, roedd syrthni wedi cau 'safnau'r cŵn' yn y ffermydd i lawr yn y cwm oddi tanynt hyd yn oed. Ni fyddai'r cadnoid yn dechrau cyfarth ar ei gilydd, ddim cyn canol mis Medi, ac roedd y defaid yn dawel. Agorodd ei llygaid. Roedd y cynfas dros geg y babell wedi'i wthio o'i le. Ymbalfalodd am y sach gysgu

arall. Roedd yn wag, ac nid yn unig hynny, roedd yn oer —
doedd Olwen heb fod ynddi ers oriau. Brwydrodd ei
ffordd allan o'r sach gysgu a chropian at ddrws y babell.
Roedd yn noson olau er nad oedd 'na leuad, roedd fel pe
bai'r awyr ei hun yn rhoi golau i'r byd oddi tano.
Edrychodd o'i chwmpas, gallai weld amlinell pabell Siôn
a'r creigiau yn y cefndir yn erbyn yr awyr ond doedd dim
sôn am Olwen. Aeth at babell Siôn a dihunodd hwnnw ar
unwaith wrth iddi alw ei enw. Roedd yn eistedd i fyny'n
gwbl effro cyn iddi ddadwneud y cynfas ar y drws.

"Olwen?" holodd cyn iddi gael cyfle i ddweud yr un
gair.

"Ie, mae wedi mynd."

Roedd Siôn yn sefyll wrth ei hymyl â'i lamp yn olau yn ei
law, bron cyn iddi orffen.

"Rydw i'n credu mai draw'r ffordd acw tua Moel
Feddau fyddai orau i ni ddechrau chwilio. Mae 'na lwybr y
ffordd yna." Dilynodd Leah ef ar hyd y llwybr defaid at y
ffordd arweiniai ymlaen heibio i Garn Gyfrwy a Charn
Meini a thuag at y Foel. Gwaeddodd Siôn, "Olwen!
Olwen!" un waith ac yna tawodd, roedd fel pe bai ei lais yn
cael ei lyncu gan dawelwch y mynydd agored.

"Gwell i ti beidio â gweiddi," meddai Leah'n hollol
ddianghenraid — roedd y tawelwch llethol yn orthrwm
arno yntau hefyd.

Dechreuodd ci gyfarth i lawr ymhell oddi tanynt i
gyfeiriad fferm Meini Mawr, ac yna tawodd, gan adael dim
ond siffrwd eu traed ar laswellt y llwybr. Safodd Siôn a
safodd hithau y tu ôl iddo,

"Dwyt ti ddim yn meddwl...?" holodd Siôn. Roedd fel
petai arno ofn gorffen y cwestiwn.

"Ei bod hi wedi mentro tua'r ddwy garn?" holodd Leah.
Roedd y ddau'n sibrwd ar ei gilydd fel pe baent yn ofni bod
rhywun neu rywbeth yn gwrando arnynt.

"Gwell i ni gael golwg cyn mynd dim pellach." Atebodd Leah ei chwestiwn ei hun.

"Ie, gwell i ni," ychwanegodd yntau a'r ymyl caled i'w lais yn dangos y tyndra a deimlai.

Roedd hi'n anodd mynd ar hyd y llwybr defaid a arweiniai at Garn Meini. Roedd y grug yn crafu'u fferau a cherrig yma ac acw ar hyd y llwybr yn ei gwneud yn anodd i symud yn y tywyllwch. Daliai Leah'r golau tra dringai Siôn y creigiau i ddod at y fowlen o ddyffryn bychan a orweddai rhwng pigau'r creigiau o'i gwmpas. Dringodd Leah ar ei ôl a safodd y ddau ohonynt, ochr yn ochr, gan edrych i lawr ar y darn gwastad caregog. Gwelsant hi ar yr un eiliad. Roedd gwynder ei gwisg i'w weld yn glir ymysg düwch y creigiau a orweddai'n bendramwnwgl ar wastadedd y fowlen.

"Dacw hi," meddai Siôn.

"Na — paid gweiddi arni," meddai Leah, "rhag ofn iddi ddychryn a chwympo. Awn ni draw ati'n dawel."

Roedd Olwen yn sefyll ar graig wastad. Aethant un bob ochr iddi. Gallent ei gweld yn edrych i fyny dros ymyl amlinell ddu Caer Meini. Cododd Leah ei llaw a'i chyffwrdd yn ysgafn ar ei braich. Ni ddaeth yr un ymateb. Cydiodd yn ei harddwrn ac ysgwyd ei braich. Trodd Olwen ei phen tuag ati, ac wedi ysbaid fechan meddai, "Ie?"

"Dere o'ma 'nghariad i," meddai Leah'n dyner. "Dere nôl i'r babell — mae'n oer iawn i ti'r fan 'ma."

"Na, dydw i ddim yn oer, ddim yn oer o gwbl," atebodd Olwen.

"Ar ben mynydd ym mherfeddion nos fel hyn, a thithe ddim yn oer?" meddai Siôn yn chwyrn. Ond roedd hi'n dweud y gwir — teimlai'i braich, ei dwylo a'i choesau'n gynnes dan law Leah. Rhoddodd orchymyn i Siôn dewi ac arweiniodd y ddau ohonynt Olwen yn ei hôl i lawr ar hyd y creigiau, at y llwybr ac at y pebyll. Cerddai Olwen fel pe bai mewn breuddwyd, ond roedd yn gosod ei thraed yn sicr a dal ei chefn yn syth. Golchodd Leah draed ci chwaer a'i gosod yn gysurus yn ei sach gysgu cyn dringo i'w sach gysgu ei hun. Cyn mynd i gysgu gwnaeth yn siwr ei bod yn gorwedd ar draws drws y babell.

VII

Eisteddai Siôn a Leah ar y tir gwastad rhwng y ddwy babell. Roedd yn fore braf ac ofnau'r noson yn dechrau diflannu fel gwlith dan haul y bore. Siaradent yn dawel; roedd Olwen wedi cysgu'n hwyr ond daliai'r ddau i gadw llygad ar fynedfa'r babell, dim ond rhag ofn y byddai testun eu sgwrs yn deffro'n sydyn.

"Wnaiff hi ddim byd eto, fe gei di weld."

"Wel, ges di esboniad ar y busnes 'na neithiwr?" holodd Siôn.

"Dim, dim un gair, a dydw i ddim yn bwriadu holi chwaith. Dere, fe wnawn ddechrau paratoi brecwast."

Ymunodd Olwen â nhw, ond Olwen dawel, Olwen a ymddangosai'n hollol normal, yn fwy normal nag arfer a dweud y gwir. Roedd yn llawen ac yn barod i helpu gyda'r golchi a'r pacio a'r paratoi — yn union fel petai'n ysu am ragor o anturiaethau.

"Wyt ti am fynd i Gaer Meini i chwilio am olion y tanau roedd yr hen bobol bach yn eu cynnau i dorri'r meini gleision?" holodd Siôn.

"Na, rydw i wedi'u gweld nhw wrthi," atebodd yn union fel petai'n dweud ei bod wedi gweld Robin Goch.

"Eu dychmygu, nid eu gweld," roedd Leah'n teimlo ei bod yn hen bryd i roi diwedd ar y rhamantu. Ond ni chymerodd Olwen y peth o chwith o gwbl,

"Eu gweld neu eu dychmygu — beth yw'r gwahaniaeth." A throdd at Siôn. "Dere Siôn, brysia gyda'r pacio, neu fe fydd yn amser cinio cyn i ni ddechrau." Ac aeth ati i lwytho'r sach gysgu i'r sgrepan.

Edrychodd y ddau arall ar ei gilydd a chododd Leah ei hysgwyddau i fynegi'r dryswch a deimlai wrth geisio deall ei chwaer.

Roedd yn anodd cadw Olwen rhag rhuthro. Roedd fel petai am garlamu i bob man fel ebol blwydd. Dawnsiai'i llygaid yn ei phen, roedd sbonc yn ei cherddediad a dim un arlliw o'r breuddwydio, dim un arwydd ei bod am ymgolli yn ei meddyliau hi ei hun. Roedd yn llawen a hwyliog, yn mwynhau heulwen gynnes y bore a chân yr ehedydd uwchben.

"I ble'r aeth y ferch anodd, fewnblyg?" holodd Siôn ei hun wrth iddynt fynd yn eu blaen. Roedd ganddi ddiddordeb ymhob dim — hyd yn oed yn y stori a glywsai Siôn gan Anti Nel am yr awyren a gollwyd ar Garn Goediog ymhell yn ôl adeg y rhyfel.

"Roedd hynny oesoedd yn ôl pan oedd Anti Nel yn ferch fach, fel finnau," meddai Olwen yn llawen. "Piti na fyddai Anti Nel yn fwy parod i ddod i gerdded gyda ni. Mi fyddai hithe'n hapus i grwydro ar hyd yr hen ffyrdd yma hefyd, rydw i'n siwr."

Cyn tynnu anadl bron roedd wrthi'n holi eto,

"Ble mae'r meini eraill hynny?" holodd.

"Pa feini wyt ti'n meddwl — y rhai ar yr hen Foel Feddau?" meddai Siôn.

"Nage, wrth gwrs," meddai Olwen gydag arlliw o'r hen agwedd bigog yn ei llais, "y meini 'na sy' ar y ffordd i fyny at Garn Bica a Charn Goediog."

"Bedd Arthur, mae'n ei olygu," meddai Leah.

"Fyddwn ni ddim yn mynd yn agos atynt," atebodd Siôn. Ac ychwanegodd Leah'n sydyn er mwyn cadw Olwen yn ei hwyliau da,

"Maen nhw dipyn o ffordd oddi ar 'Ffordd y Pererinion'

— ond os hoffet ti gael golwg arnyn nhw..."

"Wrth gwrs fy mod i eisie mynd yno," a chan droi at Siôn, ychwanegodd, "A phaid di â meddwl dy fod yn cystadlu yn ras Beca. Mae digonedd o amser gyda ni."

Doedd 'na ddim fyddai mwy wrth fodd Siôn nag ymlwybro ar hyd y topiau am weddill y gwyliau. Byddai troi oddi ar y ffordd i weld Bedd Arthur yn ddim ond pleser, er efallai y byddai'n rhaid treulio noson arall cyn mynd nôl at gysur bwthyn Anti Nel.

Trodd y tri oddi ar y ffordd ac anelu i lawr at y cwm — roedd y defaid wedi pori'r grug a'r llwyni llus yn fyr a gallent weld y cerrig o bell.

"Wyt ti wir yn meddwl mai bedd y Brenin Arthur yw'r lle?" Doedd dim taw ar holi Olwen.

"Nage, neu o leia' mae'n lled siwr nad oes 'na'r fath le â bedd Arthur. Mae 'na hen englyn — nid y math o englyn rydyn ni'n ei nabod heddiw ond englyn milwr sy'n mynd nôl yn bell, bell sy'n dweud,

Bedd i Farch, bedd i Gwythyr
Bedd i Gwgawn cleddyfrud
Anoeth fydd bedd i Arthur."

Roedd hi'n dda gan Leah gael cyfle i ddangos ei hun.

"Be' 'dy 'anoeth' — rhywun sy' ddim yn ddoeth - rhywun twp?" holodd Olwen.

"Rhywun tebyg i ti — wyt ti'n feddwl," meddai Siôn.

"Na, dim o'r fath beth — dwyt ti ddim yn dwp Olwen, dim o bell ffordd — rhyfeddod yw anoeth, rhywbeth i synnu wrtho, yn union fel rwyt ti'n rhyfeddod o groten," atebodd Leah gan ei chofleidio.

Doedd Bedd Arthur yn ddim ond rhesi o gerrig yn ffurfio petryal neu fath ar gylch wedi'i dorri ar ei hanner. Roedd yn enfawr os mai bedd oedd y lle.

"Roedd Arthur siwr o fod yn glamp o foi, cymaint â rhai o flaenwyr Seland Newydd," meddai Siôn.

"Tipyn mwy," ychwanegodd Leah'n ddigon sychlyd ond doedd dim taw ar Siôn,

"Ac edrych," meddai, "mae llinellau o feini'n ymestyn allan ohono, bron fel y llinellau o ynni — y *Ley Lines* roedd Bill Hughes yn sôn amdanynt. Tybed oes 'na wirionedd yn y peth — bod y pwerau arallfydol 'na'n cael eu crynhoi, eu cronni a'u harwain yn ôl yma i ganol y rhesi hyn gan y cerrig eraill yna?" Gafaelodd Leah yn ei fraich. Roedd Olwen yn sefyll yn stond yng nghanol y cylch o gerrig. Edrychai draw tua Charn Bica a Charn Goediog. Roedd wedi dianc o'u gafael unwaith yn rhagor. Safai yno heb symud na bys na bawd, roedd fel pe na bai'n anadlu hyd yn oed.

Tynnodd Siôn ei hun o afael Leah, rhuthrodd ati a gafael ynddi,

"Beth sy...? Beth wyt ti'n ei weld?" Diflannodd yr haul dan gwmwl a theimlodd Leah ias oer yn cerdded ar hyd asgwrn ei chefn, y cnawd yn crebachu ac yn tynnu at ei gilydd.

"Mae e yma — yma," meddai Olwen a chododd ei braich i gyfeiriad Carn Bica. Dilynodd Leah'r osgo, ni allai fod yn siwr, ond am eiliad fe allai daeru ei bod wedi gweld rhywun mewn gwisg laes, melyn-frown yn diflannu y tu ôl i greigiau'r Garn, ac yna, roedd wedi mynd o'r golwg. Ysgydwodd Olwen ei hun, fel pe bai'n deffro o drwmgwsg bron, a dywedodd,

"Mae e wedi mynd."

"Mynd?" holodd Siôn, "Pwy sy' wedi mynd?"

"Y fe," atebodd Olwen, "y dyn 'na..."

"Y tu ôl i Garn Bica. Rydw i'n meddwl i mi ei weld — neu hanner ei weld," meddai Leah.

Nid arhosodd Siôn am ddim mwy, roedd yn carlamu drwy'r brwyn a'r crawcwellt, yn neidio dros y twmpathau grug a'r eithin byr, pigog ar ei ffordd at Garn Bica.

Brysiodd y ddwy ferch o'i ôl. Roedd Siôn wedi diflannu y tu ôl i'r Garn cyn iddynt ddod yn agos at y lle. Ailymddangosodd yr ochr arall i'r creigiau wrth iddynt gyrraedd,

"Dim... dim byd... dim sôn amdano," meddai.

"Ond roedd yno rywun," meddai Olwen yn ddigon pendant.

"Does 'na neb yma," meddai Siôn.

Cerddodd y tri yn araf o gwmpas y Garn. Roedd hollt neu ddwy rhwng y creigiau fel sy' ym mhob un o'r Carnau ond dim un lle y gallai dyn, na phlentyn chwaith, guddio ynddo.

"Dychymyg merched!" Doedd Siôn ddim yn ceisio cuddio'r dirmyg yn ei lais.

"Ddim y tro yma, edrych fan hyn," atebodd Leah. Wrth droed y Garn roedd darn o dir llaith lle bu'r defaid yn cysgodi rhag y gwynt, lle heb yr un blewyn o ddim yn tyfu arno. Ac yno ymysg baw'r defaid roedd ôl sandal. Ôl troed dyn. Roedd yn llawer mwy nag esgid Siôn — roedd rhywun wedi bod yno yn ddiweddar. Dim ond amlinell sandal heb yr un ôl o sawdl arni o gwbl, yn hollol eglur ar wyneb y ddaear laith.

Edrychodd y tri o'u cwmpas — roedd pob ehedydd wedi rhoi'r gorau i'w gân a thawelwch dros bob man. Ac yna, ar yr un pryd, fe welodd y tri ohonynt y symudiad. Rhuthrodd rhywbeth bychan melyn-frown gyda brest wen o gysgod y meini a diflannu i ganol y grug.

"Ffwlbart, neu wenci," meddai Siôn.

"Nage," atebodd Olwen yn hollol bendant, "Y fe."

Edrychodd y tri ar ei gilydd ac yn sydyn fe ymddangosodd yr haul o'r tu ôl i'r cymylau. Gwenodd Siôn a Leah ar ei gilydd a diflannodd y braw a deimlasent eiliad ynghynt.

VIII

Aeth y dydd yn ei flaen, tywynnodd yr haul a chanodd pob ehedydd yn Nyfed wrth iddynt ddringo a cherdded a sgwrsio. Gwenodd yr haul ar eu cinio canol dydd a dros eu te yng nghysgod Moel Feddau.

Roedd Bedd Arthur a digwyddiadau'r bore ymhell o'u hôl a neb am sôn amdanynt. Bellach roedd yn rhy hwyr i fentro llawer ymhellach cyn iddi nosi. Doedd y ffordd i Eglwyswrw ddim ymhell a lle wrth ffin planhigfa o goed pîn yn gysgod braf i osod y pebyll. Er nad oedd wedi bod yn daith hir roedd yn dda gan bob un gael noson gynnar, roedd y cynnwrf, y dringo a'r braw a gawsant wedi blino pawb. Er gwaethaf hynny, amharod iawn oedd y tri ohonynt i wahanu a mynd i'w pebyll. Roedd Siôn wedi codi'i babell yn agos iawn at babell ei chwiorydd. Gorweddai golwg fach freuddwydiol ar wyneb Leah wrth iddi ymestyn cyhyrau'i choesau lluniaidd. Roedd yn amlwg ei bod yn dal i feddwl am ddigwyddiadau'r bore, a bod y rheiny'n dal i'w phoeni. Ond roedd pob arwydd o dyndra, pob rhych o bryder wedi ymadael o wyneb Olwen, eisteddai rhwng y ddau arall ar y glaswellt fel pe na bai dim yn y byd yn ei phoeni; roedd hyd yn oed wedi rhoi'r gorau i blycio croen ei dwylo a'u rhwbio'n ddiddiwedd.

"Mi awn i fyny i ben Foel Eryr bore 'fory cyn mynd i lawr am Bentre Ifan a Nanhyfer," meddai.

"Pwy sy'n dweud ein bod ni am fynd yn agos at Bentre

Ifan na Nanhyfer?" Roedd Siôn wedi anghofio am ei addewid cyn dechrau'r daith.

"Mi wnest ti addo Siôn, on'd do Leah — fe wnaeth e addo on'd do?"

Roedd Olwen ar fin crïo, doedd yr hen Olwen roedden nhw mor gyfarwydd â hi heb ddiflannu'n llwyr. Os oedd yn ymddangos yn fwy hapus ac fel pe bai wedi ymlacio, rhaid cyfaddef bod yr hen natur bigog yn gorwedd yn agos iawn i'r wyneb.

Wrth weld nad oedd Leah'n ymateb yn ddigon cyflym, trodd yn ei hôl at Siôn,

"Fe addewest ti y bydden ni'n cael gweld hen Ffordd y Pererinion — fe wnest ti addo!" Cyn i Siôn gael cyfle i ddechrau cwyno ynghylch colli amser ac am y rheidrwydd o fwrw arni, torrodd Leah ar ei draws,

"Dyn ni ddim yn mynd i adael Nanhyfer allan — mae'n rhaid i ni fynd yno. Beth bynnag rydw i am weld croes Brynach unwaith eto. A rhag i ti ddechrau cwyno Siôn, fe geisiwn gael pas o'r ffordd i lawr at y pentref. Fyddwn ni ddim yn colli llawer o amser os gwnawn ni hynny."

Roedd Siôn wedi pwdu,

"Pwy sy'n mynd i godi tri gyda sgrepanau enfawr ar eu cefnau?"

"Cadw di o'r ffordd ac os gwisga i'r trowsus byr, byr 'na, fe fydd rhywun yn siwr o aros i godi perchennog pâr o goesau siapus," meddai Leah, gan edrych gydag edmygedd ar ei choesau melyn-frown, hir.

"Ac os na fydd un pâr o goesau siapus yn ddigon — yna fe wna i fyrhau fy nhrowsus cerdded innau hefyd," ychwanegodd Olwen. Roedd ei hwyliau da wedi dychwelyd yn sydyn. Roedd yn ddigon bodlon i adael i Siôn gael hwyl am ben ei choesau gwelw, tenau. Roedd pob dim yn iawn yn ei byd hithau bellach; roedd yn cael mynd i Bentre Ifan a Nanhyfer.

Aeth i mewn i'r babell dan fwmial canu, ac ni fu'r lleill yn hir cyn ei dilyn.

* * *

"Wel, oedd hi'n werth dringo i fyny'r holl ffordd yma?" Pan na ddaeth ateb, aeth Siôn yn ei flaen, "Edrych mi elli di weld hyd at Benrhyn Gŵyr."

Ni chododd Olwen ei phen nac ateb yr un gair, roedd yn rhy brysur yn darllen yr enwau a gerfiwyd ar ben y garn. Roedd y Parc Cenedlaethol wedi gosod plât metel ar ben y garreg ac wedi'i osod fel bod saeth yn anelu'n syth at y lleoedd a ellid eu gweld o'r copa ar ddiwrnod clir. Ac roedd hi'n ddiwrnod clir gydag ymylon pob mynydd a chopa, pob traeth a chraig fel pe baent wedi'u ysgythru fel yr enwau ar y darn o fetel dan drwyn Olwen. Dim ond ar ôl iddi ddarllen bob enw ar y plât y cododd ei phen. Yna, yn araf a gofalus, ceisiodd ddarganfod bob un o'r lleoedd. Roedd Siôn yn dechrau anesmwytho pan drodd ato a dweud,

"Wyt ti'n gwbod beth Siôn, mae pethau — y lleoedd a'r creigiau — yn edrych mor glir ac mae'u hymylon nhw mor amlwg, fel dy fod di'n gallu credu eu bod yr un mor glir ac amlwg â'i amlinell e, pan fydd e'n ymddangos. Dyna ryfedd ynte?" Am eiliad, ni fedrai Siôn feddwl am ffordd i ymateb i ffansïau ffôl ei chwaer. Cyn iddo gael gafael ar y geiriau roedd honno wedi cychwyn at y lle y safai Leah wrth ymyl y ffordd ymhell oddi tanynt fel smotyn bychan gyda'r tri sgrepan o gwmpas ei thraed.

Roedd Siôn yn gwbl sicr na chaen nhw ddim pas gan neb. Ac wrth i un car ar ôl y llall fynd heibio heb gymryd yr un sylw o'r tri bys bawd a godwyd i'r awyr, roedd y ddwy ferch yn dechrau dod i'r un casgliad, ac yna'n sydyn daeth eu hangel gwarcheidiol i'w hachub.

"Ffawd!" Dyna beth alwodd Wil y peth. Dim ond ffawd a fyddai wedi gwneud i beiriant yr hen Land Rofer dagu ac aros yn syth o'u blaen.

"Diawl! Weles i eriod shwd beth — naddo ddim yn fy myw i," meddai wrth ddringo nôl i sedd y gyrrwr.

"Wyt ti'n siwr ei fod e'n mynd i ddechre?" holodd gan edrych ar Olwen. Gwenodd Siôn a Leah ar ei gilydd wrth weld Olwen yn nodio'i phen yn ddoeth, yn union fel petai ganddi'r gallu i reoli peiriant y Land Rofer.

"Reit, dewch i ni ga'l gweld te," meddai Wil gan droi'r allwedd. Fe daniodd yr hen beiriant ar y cyffyrddiad cyntaf,

"Dyna chi, fe dd'wedes i on'd do?" meddai Olwen fel pe bai hithau'n hollol siwr o'i gallu.

"Miwn â chi te," meddai Wil. "Chi'ch dou i'r cefen, a'r roces fach gyda fi yn y ffrynt." Cyfyng oedd hi ar Leah a Siôn a'r ci defaid yn y cefn ynghanol y sgwariau o wellt a'r sgrepanau, ond eisteddai Olwen fel tywysoges wrth ochr Wil.

Dal i ryfeddu dros yr holl beth oedd Wil gan wthio'i gap yn ôl ar gorun ei ben a chrafu'i wallt coch. Roedd golwg ddoniol arno, gyda'r wyneb coch a'r gwallt cochach gyda darnau o wellt wedi'u dal yn y gwallt hwnnw,

"Nawr, gwêd wrtho i shwd o't ti'n gwbod fod yr injan 'na'n mynd i ailddechre?" meddai wrth Olwen.

"Wel, roeddech chi'n mynd i fynd heibio, on'd oeddech chi?"

"O'n, o'n," atebodd Wil, "meddwl mai criw arall o'r Saeson sy'n llanw'r wlad 'ma oeddech chi."

"Dyna pryd wnes i ddweud wrth yr injan am stopio," atebodd Olwen.

"Ac rwyt ti'n gneud y pethe 'ma'n amal?"

"Ddim yn amal," atebodd, "dim ond pan mae pethe'n sobor o dywyll."

"A'i hailddechre?" Nodiodd Olwen ei phen yn sobor ddigon.

"Hei," meddai Wil, gan droi at y ddau yn y cefn, "Allech chi sbario hon i fi am ddiwrnod neu ddou? Fe fyddet ti'n gaffaeliad ar y ffarm 'co," meddai a throi yn ei ôl at Olwen, er mawr ryddhad i'r ddau yn y cefn. Roedd yr hen fodur wedi bod yn eu hysgwyd o un ochr i'r llall a dod yn llawer yn rhy agos at y dibyn ar y chwith wrth i Wil sgrialu ar hyd y ffordd fynyddig.

"Wyt ti wedi dechre caru?" holodd Wil. "Os nad wyt ti, yna ma' gyda fi grwt alle wneud â gwraig debyg i ti."

Roedd Olwen yn ei helfen.

"Rydyn ni'n brysur ar hyn o bryd — eisiau galw ym Mhentre Ifan ac yna troi i lawr i Nanhyfer, ond mae'n debyg y caf i gyfle i alw i'ch gweld cyn diwedd y gwyliau 'ma."

"Fe fydd 'na groeso i ti. Diawch, mae'n flin 'da fi nad oes 'da fi ddim amser i fynd â chi lawr at Bentre Ifan. Fyddwn i wrth 'y modd yn dod gyda chi," meddai gan frecio'n ddigon sydyn nes codi dychryn ar ryw ymwelydd yn ei gar gwyn agored. Ni chymerodd Wil yr un sylw ohono wrth iddo grafu heibio heb ddim ond trwch o baent rhyngddo a'r hen Land Rofer.

"Nawr dyna'r ffordd ore i chi," meddai Wil gan bwyntio at y ffordd gul arweiniai at Bentre Ifan, "A gwranda roces," meddai Wil wrth Olwen, "Cofia alw yn y ffarm fach 'na ar yr ochor chwith, chwarter milltir i lawr. Bydd Ifan Brynceulan wrthi yn yr iard yn straffaglan gyda'i dractor os 'dw i'n ei nabod e. Cofia nawr. Fe fydd e'n siwr o fynd â chi lawr hyd Bentre Ifan." Cododd ei law arnynt, rhuodd y peiriant a diflannodd i lawr y ffordd gan adael cwmwl tew o fwg disel o'i ôl.

"Dwyt ti ddim i wneud pethau fel 'na," meddai Leah yn chwyrn, "dwyt ti ddim fod i dwyllo pobol fel Wil." Credai

Eglwys a'r Groes Geltaidd, Nanhyfer.

Siôn mai tipyn o hwyl oedd y peth a'i bod hi'n beth braf i weld Olwen mewn hwyliau da,

"Dere Leah, dim ond tynnu'i goes roedd yr hen groten, on'd ife Olwen?" Roedd yn ddrwg ganddo ei fod wedi ceisio'i hamddiffyn pan drodd Olwen arno,

"Os mai dyna beth wyt ti'n ei feddwl wrth hwyl a sbri, Siôn Jones, yna mi rwyt ti'n dwpach nag o'n i'n feddwl." Ac i ffwrdd ag Olwen i lawr y ffordd gan frasgamu o flaen y ddau. Roedd hi'n mwmial canu ond roedd rhychau o bryder ar dalcen Leah wrth iddi ddilyn o'i hôl.

Roedd Olwen wrth gât Brynceulan ymhell o'u blaen. Cyn iddynt fedru'i hatal roedd wedi dechrau arni,

"Hylo, chi yw Ifan Brynceulan?"

"Ie, merch i. Pam rych chi'n holi?"

"Wel, mae Wil Bronmorfil wedi dweud wrthyn ni am alw a dweud wrthych y galla i wneud i'r tractor 'na fynd."

"O, felly wir, mae e Wil wrthi 'to ody fe?"

"Ac fe ddywedodd y byddech chi'n siwr o roi reid i ni ar y tractor lawr hyd Bentre Ifan pe fyddwn i ond yn dechre'r hen beth drosoch chi."

Chwarddodd Ifan, "Bachan drwy'r dydd yw e Wil. Ond gan 'mod i'n mynd lawr at y defed, fe gewch reid."

"A beth am y tractor sy'n gwrthod mynd?" Roedd Ifan yn chwerthin cymaint nes ei fod bron yn ei ddyblau,

"Peidiwch chi â chymryd gormod o sylw o fe, Wil. Mae'n dynnwr coes heb ei ail — dyma i chi'r tractor," A chyfeiriodd at dractor oedd yn sgleinio fel ceiniog newydd yng nghornel yr iard, "Roedd e'n gwbod 'mod i wedi cael y tractor newydd 'ma yr wythnos dd'wetha — bachan drwy'r dydd yw e Wil."

A dyna sut y cawsant eu cludo'n urddasol, bron hyd at y gladdfa ym Mhentre Ifan.

Cromlech Pentre Ifan

"Dere o'na, Olwen!"

Roedd Siôn wedi blino a[r]
ei choesau wedi'u croesi o da[n]
dwylo'n pwyso ar y glaswellt[
o'i blaen rhwng cerrig y gro[
Ingli. Roedd Leah wedi cael
cerrig mawr ac ar geisio dil[
mewn cylch o gwmpas y g[
wrth glywed yr ymwelwyr yn
am ben ei chwaer,

"Un o'r derwyddon ifanc
nightshirts," meddent. Ond
diystyru'n llwyr.

Dim ond pan oedd hi'n [
ymuno â nhw a dechrau ar y
sgrepan a'i osod yn daclus [

"Mae rhywbeth mawr yn [
'na."

"Carn Ingli?" holodd Le[a]

"Ie, ar y mynydd 'na. Mae
digwydd yno cyn hyn. Nô[
phethau felly."

"Rhwng y dynion bychai[n
goleuach ddaeth yno ar eu [
Siôn. Roedd yntau mewn gw[

Y[

Siôn mai tipyn o hwyl oedd y peth a'i bod hi'n beth braf i weld Olwen mewn hwyliau da,

"Dere Leah, dim ond tynnu'i goes roedd yr hen groten, on'd ife Olwen?" Roedd yn ddrwg ganddo ei fod wedi ceisio'i hamddiffyn pan drodd Olwen arno,

"Os mai dyna beth wyt ti'n ei feddwl wrth hwyl a sbri, Siôn Jones, yna mi rwyt ti'n dwpach nag o'n i'n feddwl." Ac i ffwrdd ag Olwen i lawr y ffordd gan frasgamu o flaen y ddau. Roedd hi'n mwmial canu ond roedd rhychau o bryder ar dalcen Leah wrth iddi ddilyn o'i hôl.

Roedd Olwen wrth gât Brynceulan ymhell o'u blaen. Cyn iddynt fedru'i hatal roedd wedi dechrau arni,

"Hylo, chi yw Ifan Brynceulan?"

"Ie, merch i. Pam rych chi'n holi?"

"Wel, mae Wil Bronmorfil wedi dweud wrthyn ni am alw a dweud wrthych y galla i wneud i'r tractor 'na fynd."

"O, felly wir, mae e Wil wrthi 'to ody fe?"

"Ac fe ddywedodd y byddech chi'n siwr o roi reid i ni ar y tractor lawr hyd Bentre Ifan pe fyddwn i ond yn dechre'r hen beth drosoch chi."

Chwarddodd Ifan, "Bachan drwy'r dydd yw e Wil. Ond gan 'mod i'n mynd lawr at y defed, fe gewch reid."

"A beth am y tractor sy'n gwrthod mynd?" Roedd Ifan yn chwerthin cymaint nes ei fod bron yn ei ddyblau,

"Peidiwch chi â chymryd gormod o sylw o fe, Wil. Mae'n dynnwr coes heb ei ail — dyma i chi'r tractor," A chyfeiriodd at dractor oedd yn sgleinio fel ceiniog newydd yng nghornel yr iard, "Roedd e'n gwbod 'mod i wedi cael y tractor newydd 'ma yr wythnos dd'wetha — bachan drwy'r dydd yw e Wil."

A dyna sut y cawsant eu cludo'n urddasol, bron hyd at y gladdfa ym Mhentre Ifan.

Cromlech Pentre Ifan

IX

"Dere o'na, Olwen!"

Roedd Siôn wedi blino aros amdani. Eisteddai Olwen, ei choesau wedi'u croesi o dani, ei chefn yn syth a chefnau'i dwylo'n pwyso ar y glaswellt wrth ei hochr. Roedd yn syllu o'i blaen rhwng cerrig y gromlech a draw at fynydd Carn Ingli. Roedd Leah wedi cael digon ar whilmentan rhwng y cerrig mawr ac ar geisio dilyn patrwm y meini a godwyd mewn cylch o gwmpas y gladdfa. Teimlai'n anesmwyth wrth glywed yr ymwelwyr yn eu Saesneg main yn cael hwyl am ben ei chwaer,

"Un o'r derwyddon ifanc 'na — *that funny lot in their nightshirts*," meddent. Ond daliai Olwen i eistedd yno a'u diystyru'n llwyr.

Dim ond pan oedd hi'n hollol barod y daeth Olwen i ymuno â nhw a dechrau ar y daith i Nanhyfer. Wrth godi'i sgrepan a'i osod yn daclus ar ei chefn, fe ddywedodd,

"Mae rhywbeth mawr yn mynd i ddigwydd ar y mynydd 'na."

"Carn Ingli?" holodd Leah.

"Ie, ar y mynydd 'na. Mae llawer o bethau rhyfedd wedi digwydd yno cyn hyn. Nôl, nôl yn bell. Brwydrau a phethau felly."

"Rhwng y dynion bychain, tywyll 'na a'r dynion talach, goleuach ddaeth yno ar eu hôl, rwyt ti'n feddwl?" holodd Siôn. Roedd yntau mewn gwell hwyliau unwaith eto wrth

51

Yr Eglwys a'r Groes Geltaidd, Nanhyfer.

iddynt ddechrau symud, a gobaith am fynd nôl at y mynyddoedd yn rhoi sbonc yn ei gam.

"Ie, hynny, a brwydrau eraill — nid yn unig rhwng dynion a'i gilydd ond rhwng rhyw bethau eraill hefyd."

Gadawodd y ddau arall lonydd iddi i ramantu ac anelu am Nanhyfer. Erbyn iddynt gyrraedd gwesty'r Trewern, wrth y bont, roedd y tri wedi blino'n lân a dim yn well ganddynt nag eistedd ar y wal wrth ochr y dŵr i dorri'u blinder.

"Awn ni ddim llawer pellach heddiw, mae arna i ofn," meddai Leah wrth Siôn tra oedd Olwen wrthi'n trochi'i thraed yn nŵr clir yr afon.

"Na, wnawn ni ddim cyrraedd nôl at yr hen lwybr heno, hyd yn oed os byddwn ni'n ddigon lwcus i gael reid nôl yno." Roedd Siôn yn ymddangos fel pe bai wedi synhwyro mai'r peth gorau fyddai rhoi digon o raff i Olwen fel ei bod yn cael gwared ar ei rhamantu ffôl. "Fe gaiff hi ddiddori'i hun i lawr yma am weddill y dydd ac fe gawn wersylla wrth Lwyngwair ac anelu at y mynyddoedd yfory."

"Diolch, Siôn," meddai Leah, "mi fydd hi siwr o fod yn llai o drafferth os caiff hi ddilyn 'Llwybr y Pererinion' heddiw. Bydd yn haws ei thrin wedi hynny."

"Wn i ddim wir," atebodd Siôn ac fe ddaeth pen yr un oedd yn achosi'r dadlau i'r golwg dros y wal rhyngddynt a'r afon. Roedd gwên lydan ar ei hwyneb,

"Mae'r dŵr yn hyfryd o oer," meddai, "pam na ddewch chi'ch dou i drochi'ch traed?"

"Dere," ebe Leah, "mae 'na lawer i'w weld yma ac wedyn fe gawn ni gerdded 'Llwybr y Pererinion' i lawr hyd at Lwyngwair cyn iddi nosi." Edrychodd Olwen o un i'r llall ac roedd ei gwên yn lledaenu mwy a mwy dros ei hwyneb,

"O rydych chi'ch dou yn fy nifetha i'n llwyr — odych wir. A diolch o galon i ti Siôn — mae'n golygu llawer mwy o aberth i ti nag i Leah. Diolch i ti," a rhoddodd gusan iddo ar ei foch.

"Paid â bod mor feddal, groten. Dewch neu fe fyddwn yma drwy'r dydd. Dewch!"

Gwenodd Olwen a Leah ar ei gilydd wrth ei weld yn cochi o glust i glust a dilynasant ef dros y bont tua'r eglwys.

Cerddai ymwelwyr yn eu dillad haf ar hyd y fynedfa o'r glwyd i borth yr eglwys, *"Where's the bleeding yew luv?"* holai rhyw fenyw fawr mewn ffrog olau, flodeuog wrth ei gŵr bychan. Cochodd hwnnw dan ei liw haul wrth glywed Olwen yn pwffian chwerthin o'i ôl.

"You mean, the yew that bleeds dear," atebodd.

"You know exactly what I mean Alfred," meddai wrth i'r tri fynd heibio ac i fewn i'r eglwys fach, hyfryd. Roedd rhaid i Leah gael dangos y garreg a'r sgrifen ogam arni i Olwen unwaith eto a'r rhyfeddodau eraill,

"Bron fel bod gyda 'nhad eto." Roedd Siôn yn dal i rwgnach, "Os nad ydyn ni wedi'i gweld unwaith — rydyn ni wedi ei gweld ddwsin o weithiau." Ond roedd Olwen yn dal i synnu a rhyfeddu gyda Leah ac yn barod i wrando a holi,

"Ffordd ryfedd o sgrifennu — y llinellau ar ymyl y garreg, a'u hyd a'u patrwm yn rhoi'r ystyr." Roedd yn ddigon parod i geisio darllen a dadansoddi'r arysgrif Ladin ar y garreg arall yn y ffenest. Roedd ganddi'r amynedd i wrando ar Leah'n sôn am y Boweniaid o Lwyngwair ac am y cysylltiadau gyda Gruffydd Jones ac arweinwyr y Methodistiaid, er ei bod yn dyheu am gyfle i ddianc i gael golwg ar groes Brynach. Cymaint yn well oedd ganddi'r chwedl am y gwcw'n disgyn ar y groes i ganu bob blwyddyn i gyhoeddi dyfodiad y gwanwyn na cheisio dilyn plethwaith cywrain yr addurniadau Celtaidd ar y groes oedd yn mynd â bryd Leah.

Roedd Siôn wedi hen ddiflasu,

"Rwy'n mynd i gael golwg ar olion yr hen gastell. Y'ch chi'n dod?" Edrychodd Leah ac Olwen ar ei gilydd,

"Na," atebodd Leah, "fe arhoswn amdanat ar y llwybr sy'n arwain at Lwyngwair." Aeth Siôn ar ei ffordd. Wedi gorffen cerdded o gwmpas yr eglwys a'r fynwent, aeth y ddwy ferch ar ei ôl. Roedd y ffordd yn dringo'n serth at y castell ac ar ben y tyle cyntaf roedd y llwybr i Lwyngwair yn cychwyn. Roedd coed uchel o gwmpas y ffordd gul yn gysgod rhag y gwres, tyfai mwsogl a rhedyn o bob math yn eu cysgod gan ffynnu yn y lleithder a lifai i lawr ochrau serth y creigiau enfawr ar bob ochr i'r ffordd. Roedd Siôn wedi hen ddiflannu erbyn i'r ddwy gyrraedd y llwybr. Roedd mainc yno ac eisteddodd y ddwy'n ddiolchgar yn yr haul. Tynnodd Leah afalau o'r bag ac edrychodd allan ar yr olygfa o'u blaen. Doedd yr un o'r ddwy wedi sylwi ar yr hen ddyn bach hyd nes i'w ben ymddangos yn sydyn dros y wal uchel a redai o gwmpas gardd y bwthyn wrth fynedfa'r llwybr,

"*Lovely day ladies, isn't it?*" meddai'n llawen.

"Ydy, mae hi," atebodd Leah'n sychlyd ddigon. Ond doedd dim troi arno.

"O, Cymry bach y'ch chi ife?" meddai gan ymuno â nhw wrth y fainc, "a beth alla i weud eich bod chi'n ei neud 'ma te?" Heb aros am ateb, aeth yn ei flaen, "Nid o'r ffor' 'ma y'ch chi ife?"

Eisteddodd yn hamddenol wrth eu hochor ar y fainc, teimlai Leah'n sicr ei fod yn treulio'i ddyddiau'n chwilio am gyfle i dynnu sgwrs gydag unrhyw un oedd yn mynd heibio. Ni allai hithau beidio â meddwl am yr hen forwr yng ngherdd Coleridge, '*Who stoppeth one in three*'.

"Nid hen forwr y'ch chi?" holodd gan fanteisio ar un saib bach yn y llifeiriant o eiriau.

"Rydw i wedi bod ar y môr yn f'amser," atebodd, gan droi ei lygaid glas arnynt, "fel llawer un arall yn y cylch yma. Ond 'ma rydw i wedi bod ers blynydde bellach. Chi'n gweld y wal 'na?" holodd gan gyfeirio at y wal gerrig a amgylchynai ardd y bwthyn. "Fi gododd honna a llawer hen bont a wal ar hyd yr hen sir yma. Ond wedi rhoi'r gore iddi bellach. Rhy hen, medde'r cownsil. Glywsoch chi shwd beth erio'd? Gneud i ddyn roi'r gore iddi — dim ond o achos ei oedran. Nid y blynydde ar y calendar ddyle benderfynu 'ny ond pa mor ffit yw rhywun." A chododd yn sydyn a neidio i fyny ac i lawr i ddangos pa mor ystwyth roedd yn dal i fod er gwaethaf dedfryd y 'cownsil'.

A dyna pryd y daeth Siôn ar eu traws. Roedd yr olwg syn ar ei wyneb yn ormod i Leah a chwarddodd. Teimlai Olwen drueni dros yr hen ddyn bach — roedd hwn, fel hithau'n gorfod profi ei fod yn dal i allu wynebu pob dydd o'r newydd,

"Siôn, ein brawd yw hwn," meddai, "mae'n well 'da fe fynd i weld olion hen gestyll a hen ryfeloedd na phethau fel yr eglwys a'r hen groes." Edrychodd yr hen ddyn yn hir ar Olwen a meddai gyda golwg o ddifrifoldeb dwys ar ei wyneb,

"Rydw i'n credu ein bod ni'n dou'n debyg iawn i'n gilydd. Roces fach sensitif iawn wyt ti, on'd ife?" Roedd Leah a Siôn yn dal i wenu ar ei gilydd y tu ôl i gefn yr hen ddyn bach,

"Ifan Pen Cnwc maen nhw'n 'y ngalw i ac mae rhai pobol yn cael tipyn o sbri ar 'y mhen i."

Diflannodd y wên oddi ar wynebau Leah a Siôn.

"Ond rwyt ti a fi'n deall pethe. Beth yw dy enw di, 'y merch i?"

"Olwen. Olwen 'dw i — a dyma Leah, fy chwaer, a Siôn."

"Ie, fe wn i, Siôn — y dyn sy'n hoffi rhyfel, a sôn am ryfeloedd — rwyt ti'n edrych fel pe baet ti wedi dy glwyfo 'yd. Dwed wrtho i, roces — beth sy' ar dy ddwylo di?"

Gosododd Olwen ei dwylo ar ei chluniau ac edrychodd arnynt. Atebodd Leah'r cwestiwn drosti,

"Mae'r doctoriaid yn ei alw'n rhyw enw hir fel *psoriasis* — rhyw ffurf arbennig ar glefyd y cnawd." Ni throdd yr hen ddyn ei ben, daliodd i edrych ar wyneb Olwen.

"Rwyt ti wedi bod i weld croes Brynach yn y fynwent lawr 'co?" Roedd yn gymaint o osodiad ag o gwestiwn, a daliodd i siarad ag Olwen a diystyru'r ddau arall yn llwyr,

"Wel, Olwen, rydw i'n siwr y gall e, Brynach, dy wella di. Rwyt ti ar hen Lwybyr y Pererinion fan hyn. Fe fydden nhw'n galw yn yr eglwys cyn mynd yn eu blaen i lawr at Dyddewi. Nawr, rydw i isie i ti fynd lawr y llwybyr 'ma." Nodiodd Olwen ei phen ac aeth Ifan yn ei flaen, "Mae 'na groes wedi'i naddu yn y graig wrth ochr y llwybyr — fan 'na oedd y lleianod yn rhoi gweddi fach ar Brynach. Gwna di'r un peth."

Nodiodd Olwen unwaith eto.

"Ac yna i lawr y llwybyr rhyw hanner canllath, cyn dy fod ti'n dod at y gamfa, dyna ble roedd y ffynnon."

"Pa ffynnon?" holodd Olwen.

"Ffynnon Brynach wrth gwrs, ffynnon oedd yn gwella pob clefyd. Mae wedi'i chau gan bob math ar dyfiant gwyllt — mieri a dynent — erbyn hyn."

"Danadl poethion, rydych chi'n feddwl?" holodd Leah. Ni chymerodd Ifan Pen Cnwc yr un sylw o Leah, dim ond nodio a dal i edrych ym myw llygaid Olwen,

"Cer di lan y ffordd 'na — drwy'r drysni a'r dynent — mae'n siwr i ti fod y ffynnon yn dal yno, werth mae'r dŵr bob amser yn llifo i lawr ar hyd y llwybyr yn fan 'na. Golcha dy ddwylo a gofyn i Brynach am eu gwella ac fe gei di weld, mi ddown nhw'n well." Stopiodd yn sydyn.

"Diawch, mae'n bryd i fi fwydo'r ffowls 'na," a chododd. Wrth fynd, trodd a galw dros ei ysgwydd, "Galwch miwn am ddisgled fach o de cyn mynd ar eich ffordd."

"Dyna beth yw *nutter*," meddai Siôn. "Dwyt ti ddim yn mynd i wrando ar eirie rhywun mor dw-lali?" Ond roedd yn gwbl amlwg mai dyna oedd Olwen yn bwriadu'i wneud. Cododd a dechrau'i ffordd i lawr y llwybr. Ysgydwodd Leah ei phen fel rhybudd ar Siôn a dilynodd y ddau hi. Roedd y groes wedi'i cherfio yn y graig wrth ochr y llwybr. Croes ddigon gyntefig, dim ond amlinell ohoni ar wyneb y graig; o'i blaen roedd y graig wedi gwisgo'n llyfn gan ôl traed. Safodd Olwen o'i blaen am eiliad gyda'r olwg bell i ffwrdd yna, roedd ei brawd a'i chwaer mor gyfarwydd â hi, ar ei hwyneb, yna trodd ei chefn a chrwydrodd i fewn i'r goedwig a dyfai ar ochrau serth y llwybr. Clywodd Siôn a Leah hi'n straffaglio yn y gwyrddni.

"Beth sy' Ol? Wyt ti eisiau help?" holodd Leah. Ni ddaeth ateb, a chyn pen dim roedd Olwen yn ei hôl gyda thusw o wyrddni oddi ar frigau'r coed yn ei dwylo. Heb ddweud yr un gair, gosodd y tusw wrth droed y groes a safodd o'i blaen yn syllu arni. Gallent weld ei gwefusau'n symud ond ni ddeuai'r un sŵn allan ohonynt. Yna'n sydyn, trodd at ei brawd a'i chwaer,

"Reit, y ffynnon, ac fe fydd pob dim yn iawn. Popeth wedi'i wneud."

Roedd y llwybr yn llaith wrth y gamfa, yn union fel roedd Ifan wedi'i ddweud,

"Edrych sut mae'r graig wedi gwisgo wrth i bobol ddringo'r gamfa," meddai Leah.

"Ôl sandalau, fel y sandalau oedd gan Brynach," atebodd Olwen gan droi ei chefn arnynt a dechrau cythru'i ffordd drwy'r drysni i geisio dilyn y ffrwd fechan o ddŵr a redai ar draws y llwybr wrth droed y gamfa.

"Llifo o'r cae uwchben mae'r dŵr 'ma," meddai Siôn gan wneud un ymdrech i'w rhwystro.

"Dŵr yn llifo o gae, pan rydyn ni wedi cael yr unig haf gweddol sych yn ystod y bum mlynedd dd'wetha!"

atebodd Olwen gyda dirmyg. Dilynodd Leah o'i hôl drwy'r drysni a dringodd Siôn i ymuno â nhw. Roedd hi'n anodd — y danadl poethion a'r mieri'n crafu a phigo'u coesau noeth — ond yn fuan roedd Siôn ar y blaen yn ceisio agor llwybr iddynt. Codai'r pryfed o'r drysni ac roedd cwmwl o glêr a phryfed mân yn boen o gwmpas eu pennau wrth i Siôn droi a dweud,

"Mae'r ffrwd fach wedi diflannu." Roedd y ddaear o dan y mieri'n sych a chaled dan eu traed.

"Mae'n siwr fod y ffynnon yn tarddu yn nes i lawr," meddai Leah. Yn ofalus ac araf, gweithiodd y tri eu ffordd yn ôl at y llwybr. Aeth y ddaear yn llaith a mwdlyd.

"Dyma'r lle," meddai Olwen. Penliniodd yng nghanol y mieri a dechreuodd wthio'r llaid du o'r ffordd. Am ychydig, doedd yno ddim byd ond pwll bychan o ddŵr du. Cododd Olwen wal fechan o'r llaid o gwmpas y man gan wneud bowlen i ddal y dŵr.

Yn raddol, fe lanwodd y fowlen. O dipyn i beth disgynnodd y llaid i'r gwaelod gan adael y dŵr yn glir a chroyw.

"Dyma hi, dyma hi," sibrydodd Olwen, "ffynnon Brynach." Cododd y dŵr yn eu dwylo brwnt ac yn ofalus iawn taenodd y cyfan dros gefnau'i dwylo a thywallt mwy ohono i fyny'r breichiau. Arhosodd yno am hydoedd gan adael ei dwylo yn y dŵr, yna arllwysodd mwy ohono dros ei breichiau cyn codi.

Aeth y tri i lawr at y llwybr. Edrychodd Siôn ar y crafiadau a'r brychau adawodd y mieri a'r dynent ar ei goesau,

"Wyt ti'n hapus nawr?"

"Ydw," atebodd Olwen gan edrych ar ei dwylo a'i breichiau'n sychu yn yr haul gan adael stribedi hir o'r llaid fel ôl y trai ar lan y môr ar hyd iddynt.

X

Roedd y tŷ bychan mor rhyfedd â'i berchennog. Roedd, fel yr ardd, yn llawn o bob math ar drugareddau, troed eliffant wedi'i sychu, plu estrys, darnau o goed o bob siâp, llong hwyliau mewn potel, blychau gyda lluniau o'r Frenhines Fictoria arnyn nhw a phob dim. Eisteddai'r tri ar hen soffa wrth ffenest fawr yn wynebu allan tua'r dyffryn oddi tanynt a thu draw i'r dyffryn codai mynydd Carn Ingli. Roedd aroglau cŵn a chathod yn llenwi'r lle. Roedd Olwen wedi golchi'i dwylo a'i breichiau ac Ifan wrthi'n berwi tegell yn y gegin fach.

Roedd y te, pan ddaeth, yn ddigon diflas ond roedd Ifan mewn hwyliau da — roedd wedi cael gafael ar gynulleidfa ac am wneud y gorau o'i gyfle,

"Mae 'na fwy o ryfeddodau i'r fodfedd sgwâr yn y rhan yma o'r wlad nag sy' yn unrhyw le arall yng Nghymru. Does dim ond rhaid i chi edrych ar y cerrig mowr sy' ar hyd y lle ym mhob man. Fe allwch chi glywed y gorffennol o'ch cwmpas chi ble bynnag yr ewch chi." Cytunodd y tri â'i osodiad a daliodd Siôn ar y cyfle i sôn am eu taith ar hyd pen y mynyddoedd. Daeth golwg bryderus ar wyneb Ifan,

"Byddwch chi'n ofalus o'r llefydd gwyllt 'na," meddai. "Roedd yr hen bobol yn byw lan ar y llefydd 'na. Rhai drwg oedden nhw 'yd. Ac oni bai am y seintiau cynnar mi fydden wedi para i fod yn bobol wyllt, ddigrefydd. Dyna pam ro'dd 'na gymint o'r saint yn treulio'u hamser lawr 'ma."

Trefdraeth a Charn Ingli.

"Pobol fel Boia a'i Wyddyl roedd Dewi'n cael cymaint o drafferth gyda nhw?" holodd Leah.

"Ie, ie, ond dwi ddim yn credu mai Gwyddyl oedden nhw a dweud y gwir — y bobol dal ddaeth i fyw yma a gyrru'r bobol fach, dywyll 'na ar ffo oedden nhw. Credwch chi fi."

Roedd y tri'n dechrau cael digon ar siarad Ifan, ond roedd yntau'n gyndyn iawn o'u gadael,

"Drychwch," meddai, "fe ddangosa' i rywbeth i chi. Dewch mâs fan hyn."

Dilynodd y tri ef allan i ardd gefn y bwthyn.

"Rhaid i ni gael golwg ar yr ieir nawr. Pam oedd rhaid i chi gael eich dal gan yr ynfytyn hwn?" cwynodd Siôn.

"Hist," meddai Olwen, "mae'n dweud llawer o'r gwir."

"Drychwch ar y mynydd 'co," meddai Ifan, gan bwyntio i gyfeiriad Carn Ingli.

"Carn Ingli — wedi edrych arno gannoedd o weithiau o'r blaen," roedd Siôn yn ddigon cwta yn ei ddiflastod.

"Wyt, debyg iawn grwt," meddai Ifan, "ond tybed, weles di fe'n iawn o'r blaen?"

Safai'r mynydd, ei greigiau tywyll yn codi'n fygythiol a chlir allan o'r gwyrddni a'i amgylchynai.

"Nawr, y tri ohonoch, edrychwch yn ofalus arno. Nid y copa ond ychydig i'r dde a mymryn yn is... Welwch chi?"

Codai'r mynydd ei ben allan o garped lliwgar o borffor y grug ac aur yr eithin. "Drychwch chi, welwch chi rywbeth rhyfedd?"

"Beth yw e?" holodd Olwen.

"Beth ond darn o fynydd â'r eithin a'r grug yn tyfu o'i gwmpas?" meddai Siôn yn ddicllon.

"Nage, y darn sgwâr, gwyrdd 'na," roedd Olwen yn siarad ag Ifan. Ymledodd gwên dros ei wyneb crwn, "R'on i'n gwbod dy fod di'n ferch allan o'r cyffredin — un debyg i fi," meddai. "Dyna ble daeth yr angel lawr i siarad â fe,

Brynach," a chyfeiriodd â'i ben tua'r groes a'r eglwys ymhell oddi tanynt. "Dyna'r union fan ble daeth i siarad ag e ac i'w helpu yn ei frwydr yn erbyn y pwerau drwg 'na."

Gwenodd Siôn a Leah ar ei gilydd, ond doedd Ifan ddim yn cymryd yr un sylw ohonyn nhw, "Dyna i ti, roces," meddai wrth Olwen, "yr union le. Fe fydd hwnna'n ddarn gwyrdd bob tymor o'r flwyddyn — dim ond o achos y dyn da 'na."

Roedd yn anodd, ond roedd rhaid dianc. Daliodd Ifan i'w dilyn, allan o'r ardd a phob cam at ddechrau'r llwybr a hyd at y fainc. Gadawsant ef yn eistedd ar honno yn yr heulwen, yn edrych tua Maes Brynach gyda golwg bell i ffwrdd ar ei wyneb a gwên yn ei lygaid.

Roedd Siôn yn dal mewn tymer ddrwg wrth iddo ddilyn y merched. Teimlai'n anniddig, roedd yr holl sgwrs am bwerau'r fall ac Annwfn yn ei wneud yn anesmwyth. Oedodd y ddwy ferch am eiliad o flaen y groes cyn mynd yn eu blaen. Safodd Siôn yno hefyd gan edrych ar y tusw o wyrddni adawodd Olwen o'i hôl. Roedd y dail yn brysur wywo yn yr haul ac ni fedrai ymatal rhag rhoi cic iddynt o'r ffordd. Rhedodd gwayw i fyny'i goes. Rhaid ei fod wedi tynnu gewyn. Herciodd ei ffordd ar ôl y ddwy ferch, ac yn raddol lleihaodd y boen wrth iddo ymbellhau o'r fan.

XI

Mae'n rhy dwym i ni fynd ymhell iawn heddiw," meddai Leah. Roedd y tri ohonynt yn dringo'n araf heibio'r eglwys yn Nhrefdraeth ac yn anelu am y mynyddoedd unwaith eto. Doedd y diodydd oer a yfwyd yn y caffe bychan ddim wedi bod o fawr les — daliai'r chwys i redeg i lawr talcennau'r tri, er eu bod yn gwneud eu gorau glas i gadw dan gysgod y coed a dyfai o gwmpas y ffordd gul.

"Mi fydd yn well wrth i ni gyrraedd y mynydd a'r lleoedd agored," meddai Siôn, gan geisio codi calon eu chwiorydd. Ond gwyddai yntau yn ei galon mai gwaethygu fyddai hi wrth iddynt ddod allan i lygad yr haul unwaith eto.

Gwaethygu a wnaeth pethau hefyd. Roedd y wlad fel pe bai mewn trwmgwsg dan y gwres. Dim ond y clêr a godai o'r rhedyn wrth iddynt ymwthio'u ffordd tuag at gopa Carn Ingli oedd fel petaent yn medru dygymod â'r tymheredd llethol. Roedd fel petai'r adar mân hyd yn oed wedi cael eu tewi ganddo ac nid oedd dim un cyffro yn unman. Gallent glywed sŵn y drafnidiaeth ar y briffordd ymhell oddi tanynt yn glir. Roedd pob un, ac Olwen yn fwy na'r lleill, yn ei chael hi'n anodd gosod un droed o flaen y llall.

"Dere," meddai Leah. "Does dim pwrpas mewn ceisio gorffwys fan 'ma. Mi fydd cysgod i ni ymysg y creigiau acw. Dim ond rhyw chwarter awr o ddringo eto." Pwyntiodd tua'r cerrig enfawr a godai dros y ffos a amgylchynai'r gaer ar ben y mynydd. "Dere 'mla'n Ol fach, dim ond un ymdrech fach arall."

Taflodd y tri eu hunain ar eu hyd ar y glaswellt byr ar waelod y ffos amddiffynnol a cheisio osgoi'r haul. Gallai Leah glywed peiriant tractor yn rhygnu filltiroedd i ffwrdd, a siffrwd y pryfed mân, a chysgodd. Cysgodd y tri, Siôn yn ogystal â'i ddwy chwaer. Roedd yntau heb gysgu rhyw lawer yn ystod y nos — deuai hunllefau i dorri ar draws ei gwsg, roedd wedi cysgu a breuddwydio a deffro, wedi troi a throsi a gorwedd yn effro tan oriau mân y bore, ac roedd yntau wedi blino hefyd.

Deffrôdd Leah. Rhyw ddecllath i ffwrdd ar ben craig enfawr eisteddai cigfran fawr, ddu. Roedd ei llygaid disglair yn syllu ar y tri ohonynt. Sgleiniai'r haul ar ei phlu ac ar y big hir, greulon oedd fel petai wedi'i hanelu'n syth at ei chalon. Agorodd y gigfran y big honno a chrawciodd gan ymestyn ei hadennydd fel godre rhyw wisg fynachaidd, ddu o'i hôl. Cododd Leah ar ei heistedd, estynnodd y gigfran ei phig tuag ati yn fygythiol a chrawciodd yn gras unwaith eto, cyn codi'n araf a diog i'r awyr a fflapio i ffwrdd yn hollol fel pe na bai arni ofn Leah o gwbl.

Edrychodd Leah ar y ddau arall. Roedd Olwen yn cysgu'n dawel yn y cysgod, ei choesau main, hir a dim ond arlliw o liw haul arnynt, wedi'u camu ychydig o dani. Roedd Siôn yn cysgu hefyd, ac yn breuddwydio. Safai dafnau bychain o chwys ar ei dalcen a gorweddai'i wallt du yn llipa dros ei wegil. Bob yn awr ac yn y man symudai'i freichiau a'i ben yn sydyn fel pe bai'n ymladd â rhywun neu rywbeth yn ei gwsg, a deuai ambell sŵn cwynfanus o'i wefusau. Cododd Leah ac edrychodd i fyny tua chopa'r mynydd. Roedd yr wybren y tu ôl iddo yn rhyw liw rhyfedd fel petai cymylau tenau, yn uchel yn yr awyr, yn tynnu'r glesni allan ohono a'i wneud yn llwyd. Daliai'r haul i ddisgleirio ond gan daflu rhyw olau dieithr dros y wlad o dano. Mi fyddai'n rhaid iddynt symud cyn hir — roedd hi'n amlwg fod yr hyn a alwai Anti Nel yn 'storom Awst' ar fin

Y gigfran.

torri. Dechreuodd Leah baratoi rhyw bryd bach iddi hi a'r ddau arall, dim ond rhywbeth i'w yfed, rhywbeth i dorri syched, ac os oedd y ddau arall yn teimlo fel y teimlai hithau, yna nid oeddent angen dim ond rhywbeth ysgafn i'w fwyta — ffrwythau efallai.

Olwen oedd y cyntaf i ddeffro — estynnodd ei hun unwaith, ac yna roedd ar ddihun, er y daliai i edrych fel pe na bai'n rhy siwr o ble roedd hi nac o ddim byd arall chwaith. Roedd ceisio deffro Siôn yn fwy anodd, bu'n rhaid iddi ei ysgwyd unwaith neu ddwy cyn i'w lygaid agor.

"Dere Siôn," meddai Leah, "rhaid i ni fynd."

Roedd golwg wyllt, ofnus yn ei lygaid ac yna fe anadlodd mewn rhyddhad wrth iddo edrych o'i gwmpas a gweld Leah wrth ei ochr.

"Hunllef, dim ond hunllef," meddai ac ni chafodd Leah ddim mwy o esboniad ar y dychryn a welsai ar ei wyneb wrth iddo ddeffro.

Roedd Siôn yn debycach i'r brawd ymffrostgar, mentrus roedd hi wedi arfer â'i gwmni erbyn iddynt fod yn barod i gychwyn. Safodd â'r sgrepan ar ei gefn ac edrych ar yr awyr,

"Fe fydd rhaid i ni roi ein traed yn y tir os ydym am gyrraedd y ffordd wrth Fedd Morus cyn i'r storm dorri. Dewch!" A dechreuodd ddilyn y llwybr rhwng y creigiau a arweiniai at y copa ac at y ffordd ar hyd y topiau. Dringai Siôn yn gyflym gan wneud ei orau i ddiystyru'r gwres a'r poen yn ei ffêr. Dilynwyd ef gan Olwen. Nid oedd hithau wedi yngan gair ers iddi ddihuno, dim ond rhyw ebychu "Diolch", wrth yfed y ddiod oren, a dim ond ysgwyd ei phen a wnaeth i'r cynnig o rywbeth i'w fwyta. Roedd Siôn yn gadael ei chwiorydd ymhell o'i ôl. Hanner canllath o'r copa, safodd gan bwyso ar un o'r cerrig enfawr.

"Dewch 'mla'n ferched," meddai wrth eu gweld yn arafu a baglu ar y cerrig mawr a orweddai un ar ben y llall ar hyd y llwybr cul i'r copa.

Cododd Leah ei phen i edrych arno. Roedd ben ac ysgwyddau'n uwch na'r rhedyn uchel a dyfai ar ddwy ochr y llwybr, ac yn syth y tu ôl iddo roedd crib y mynydd gyda'r creigiau a redai fel rhes o ddannedd anwastad ar hyd iddi. Ar ben y creigiau hynny, mewn un rhes hir, roedd deuddeg neu ragor o frain. Swatient yno, eu llygaid yn syllu'n syth i lawr ar y tri ohonynt. Sgleiniai golau rhyfedd y prynhawn oddi ar eu pigau llwydlas. Ni chyffrai'r un ohonynt, dim ond dal i edrych yn ddu a bygythiol yn erbyn efydd yr wybren. Daeth cri o ofn dros ei gwefusau cyn iddi fedru ei mygu. Trodd Olwen ei phen tuag ati. Roedd y gwacter a welai Leah yn y llygaid gleision yn fwy o ddychryn iddi na bygythiad tawel yr adar.

"Olwen! Olwen!" gwaeddodd, wrth weld coesau'i chwaer yn plygu a hithau'n disgyn yn araf, araf i'r llawr, fel pe bai'n olygfa mewn ffilm wedi'i arafu. Cododd yr adar duon i'r awyr gan grawcian yn gras a diflannu dros ymyl y grib. Roedd Siôn wrth ei hymyl cyn i'r crawcian farw yn y pellter.

"Fedrwn ni ddim ei gadael yma," meddai. "Dere fe awn â hi dros yr ymyl acw, fe fydd mwy o le i gael golwg arni ar y darn gwastad yna wrth droed y copa."

Gafaelodd Siôn ynddi dan ei cheseiliau a llusgodd y ddau hi'n araf o boenus i fyny'r llwybr. Roedd yn syndod pa mor anodd oedd hi i'w symud. Roedd mor denau ac mor eiddil fel y gellid yn hawdd ddychmygu na fyddai'n pwyso dim mwy na phluen, ond roedd fel ceisio symud darn o blwm. Nid oedd Olwen yn medru helpu o gwbl. Roedd ei llygaid yn dal ar agor, ond nid oedd yn gweld dim. Roedd llen wedi disgyn rhyngddynt a'r byd y tu allan. Cawsant hyd i le gweddol wastad lle roedd olion yr hen gytiau Gwyddelig, a'i gosod i orwedd yn ofalus gyda siwmper rhwng ei phen ac un o'r cerrig a ffurfiau sail un o'r cytiau. Swatiodd Leah wrth ei hochor,

"Cer di i nôl y sgrepanau," meddai wrth Siôn, ac yna ychwanegodd, "Siôn, dy droed!" Roedd migwrn dde Siôn wedi chwyddo hyd nes ei bod yn hongian yn fawr a hyll dros ymylon ei sgidiau cerdded. Roedd y croen o'i chwmpas yn ddu-las. Roedd gan Leah ddau glaf i ofalu amdanynt,

"Aros gyda hi, fe âf i nôl y sgrepanau."

Erbyn iddi ddychwelyd roedd Siôn wedi tynnu'i esgid,

"Wnes di droi ar dy figwrn?" holodd.

"Na, rhywbeth dwl wnes i yn gynharach, dyna i gyd. Mi fydd yn iawn erbyn y bore." Roedd Olwen yn dal i orwedd rhyngddynt. Roedd gwell golwg arni ar ôl ei chael i yfed llwnc o sudd oren, ond roedd yn amlwg na fedrai hithau, na Siôn chwaith, ddim cyrraedd Bedd Morus a'r gwastadeddau cyn i'r storm dorri. Eisoes gallai Leah glywed dwndwr dwfn y daran ymhell i ffwrdd,

"Rhaid codi'r pebyll yma, er mwyn i ni gael rhyw fath o gysgod cyn i'r storm dorri." Roedd Leah'n ceisio anghofio'r braw a gafodd pan welodd y brain yn eu bygwth, drwy fod yn ymarferol unwaith eto. Gwnaeth Siôn ei orau glas i fod o help, ond syrthiai'r baich bron yn gyfangwbl ar ysgwyddau'i chwaer.

"Gwna'n siwr fod y pegiau'n ddigon dwfn a diogel," meddai. Nid atebodd Leah. Roedd yn anodd cael unrhyw le i daro'r pegiau i fewn rhwng y cerrig. Doedd 'na'r un lle meddal i'w gael a'r holl lecyn fel pe bai'n wastadedd o ddarnau bychain o gerrig caled. Gwnaeth ei gorau i bentyrru'r cerrig dros y pegiau a thros ymylon y pebyll gan obeithio y byddai hyn yn ddigon i'w dal yn eu lle pan godai'r gwynt, fel y byddai'n siwr o wneud unwaith y torrai'r storm.

XII

Bu'r storm yn hir cyn torri. Roedd yn mynd a dod fel pe bai'n aros am ei chyfle. Ar adegau, roedd y mellt a'r taranau yn bygwth dod yn syth atynt, yna fe fyddai'r storm a'r cymylau'n troi yn ôl arnyn nhw eu hunain ac yn llithro dros y penrhyn tuag at y Strwmbwl ac allan i'r môr ac am Iwerddon. Ymhen dim, deuai'r cymylau a'r storm yn eu hôl a deuai'n nes ac yn nes cyn cilio unwaith yn rhagor. Roedd yr haul wedi machlud a hithau'n dechrau tywyllu cyn i Leah weld y defnyn cyntaf o law yn disgyn fel cynrhonyn tew ar y garreg y tu allan i ddrws y babell a gwasgaru'i hun yn gylch mawr tew ar ddüwch y garreg. Sgleiniodd yno am eiliad, ac yna roedd fel petai'r cymylau wedi'u rhwygo gan law anweledig wrth iddynt arllwys rhaeadr o ddŵr ar eu pennau.

Rhuodd y daran a fflachiodd y mellt. Roedd Olwen yn eistedd ar y sach gysgu, ei dwy law wedi'u plethu o gwmpas ei phenliniau. Edrychai'n well ond daliai i syllu o'i blaen i'r gwacter du y tu allan. Caeodd Leah'r fynedfa. Cododd y gwynt gan ysgwyd y babell fel ci'n ysgwyd llygoden fawr. Aeth pob man yn dywyllach.

"Wyt ti am gynnau'r lamp fach?" holodd Leah. Yng ngolau un o'r mellt gwelodd Olwen yn syllu'n syth o'i blaen ac yn ysgwyd ei phen fel ateb,

"Mae'n nhw'n dod," meddai. Braidd y gallai Leah glywed y geiriau uwch rhuo'r daran ac ubain y gwynt wrth i'r glaw arllwys ei hun ar y babell. Ond fel pe bai proffwydoliaeth Olwen yn galw am gael ei gwireddu, cynyddodd y gwynt gan ruthro rhwng y creigiau gyda sŵn annaearol fel cri rhyw greaduriaid gwyllt. Ysgydwodd y babell fel peth byw. Crafangodd y ddwy am odrau ochrau'r babell i geisio'i chadw yn ei lle. Am hir dyna ble fu'r ddwy'n ymladd i'w chadw rhag iddi godi a hedeg i ffwrdd, yna, am ennyd, distawodd pob dim ond am sŵn y glaw. Roedd fel petaent wedi symud i gannwyll llygad y storm, a honno'n dal ei hanadl cyn mynd ati i ail ymosod arnynt. Trodd Olwen at ei chwaer a dywedodd,

"Siôn! Siôn! Rhaid i ti ei achub!"

I Leah, doedd dim byd yn ymddangos yn rhyfedd yn y geiriau. Roedd y storm yn ymosodiad ar y tri ohonyn nhw ond onid oedd Siôn o fewn llathen neu ddwy iddynt? Gallai yntau gamu o'i babell a dod at y ddwy ohonynt mewn eiliad. Rhyfedd hefyd na fyddai wedi gwneud hynny'n barod — pe bai dim ond i wneud yn siwr eu bod yn iawn,

"Siôn! Rhaid i ni ei helpu!" Ni allai wrthod nac oedi un eiliad arall, roedd y nodyn taer yn llais ei chwaer yn ddigon i'w gyrru allan i'r galw — diolch bod y gwynt wedi tewi am ychydig.

Ymgripiodd allan trwy ddrws y babell. Roedd fel afagddu y tu allan, roedd yn dda ganddi ei bod yn gwybod ble'n union roedd wedi codi pabell Siôn. Roedd y babell a phob dim fel pe baent wedi diflannu, wedi cael eu llyncu gan y tywyllwch a doedd dim yn bod yn y byd crwn, cyfan ond y glaw a'r tywyllwch. Herciodd dros y cerrig mawr ar y llawr a thrawodd blaen ei throed yn erbyn rhywbeth meddalach. Ymbalfalodd â'i dwylo... rhywbeth... Siôn!

Roedd Siôn yn gorwedd yno yng nghanol y glaw, doedd dim sôn am y babell yn unman. Roedd yn wlyb diferu. Ceisiodd afael ynddo ond llithrai drwy'i dwylo fel llysywen. O'r diwedd llwyddodd i roi ei dwylo dan ei geseiliau a dechreuodd ei lusgo'n ôl at geg y babell. Llithrai'i thraed ar y cerrig ond llwyddodd i symud y corff llipa, fodfedd ar y tro. Ni fyddai'n hir nawr. Ac yna cododd y gwynt yn sydyn. Gwthiodd hi, a chrafangodd wrth ei dillad fel petai yno ddwylo'n ceisio'u rhwygo oddi ar ei chefn. Caeodd pob dim o'i meddwl, ond y rheidrwydd o gael Siôn yn ôl i'r babell, a daliodd ati.

Fflachiodd mellten o fewn modfeddi i'w phen, bron na fedrai'i theimlo'n ysu'i gwallt. Roedd y fellten a'r daran a'i dilynodd bron yn un. Teimlodd ofn ac anobaith yn tyfu fel rhywbeth caled o'i mewn a dechreuodd Siôn lithro o'i gafael — roedd y storm a'r pwêr creulon a lechai ynddi yn ei gorchfygu. Yn sydyn, roedd rhywun wrth ei hochr — Olwen! Roedd am weiddi arni i fynd yn ei hôl i'r babell ond ni fedrai, roedd rhaid i Olwen ddwyn peth o'r baich. Ymddangosai fel pe bai Olwen wedi cymryd mwy na'i rhan, oherwydd yn sydyn roedd yn llawer haws gafael yn Siôn a llwyddodd y ddwy i'w gael i mewn i'r babell a'i osod i orwedd ar ei hyd rhyngddynt.

Ar ôl cyrraedd cysgod y babell, teimlai Leah yn llawer mwy diogel. Dechreuodd ei meddwl weithio unwaith eto. Roedd rhaid edrych ar ôl Siôn. Roedd yn anymwybodol. Cynheuodd Leah'r lamp fechan. Ar dalcen ei brawd roedd rhwyg o ryw ddwy fodfedd o hyd, yn cyrraedd bron at ei lygad dde. Doedd y clwyf ddim yn un dwfn ond roedd ei ymylon yn hollol syth a glân, fel pe bai wedi'i dorri gan gyllell. Roedd wedi bod yn gwaedu, ond roedd y gwaed wedi peidio erbyn hyn a'r glaw wedi golchi'r rhan fwyaf ohono i ffwrdd a'r oerni wedi atal llif y gwaed.

"Maen nhw wedi llwyddo i gael gafael ar Siôn. Ni'n dwy fydd nesa'!" Roedd llais Olwen yn cario dros ubain gorffwyll y gwynt. Teimlai Leah fel rhoi ysgytwad dda iddi — roedd pethau'n ddigon drwg heb gael ei chwaer yn proffwydo gwae fel rhyw Gasandra. Doedd ganddi mo'r amser i'w dwrdio, roedd gormod o bethau i'w gwneud os oeddent am gadw'r babell dros eu pennau. Daliodd Leah ei gafael ar ei hochr hi o'r babell i'w hangori yn erbyn y gwynt, gyda'i llaw arall rhwbiodd foch ei brawd i geisio dwyn ychydig o wres yn ôl i'w gorff. Cododd y gwynt gan ysgwyd y babell nôl a blaen a llithrodd ei llaw i lawr boch ei brawd at goler ei anorac a disgynnodd ei bysedd ar garreg fechan. Am funud neu ddwy, hyd nes i'r gwynt ostegu rhyw gymaint, roedd yn rhy brysur i wneud dim ond dal wrth y babell a'r garreg. Yna, distawodd y gwynt unwaith eto. Bellach doedd dim ond sŵn y glaw a rhu'r taranau o gwmpas copa'r mynydd i'w glywed.

"Efallai ei bod am wella..." meddai. Ni chafodd yr un ateb gan Olwen. Ceisiodd eto, "Wyt ti'n meddwl fod gwaethaf y storm wedi mynd heibio?" Ysgydwodd Olwen ei phen,

"Na," meddai, "dal eu hanadl maen nhw. Maen nhw wedi llwyddo i niweidio Siôn — fe fyddan ar ein holau ni nesa." Rhoddodd Leah'r garreg fechan yn ei phoced ac aros am y nos i ddod â'i dychryn nesaf.

Ni fu'n rhaid aros yn hir. Bu'r egwyl o'r hyn a ellid ei alw'n dawelwch yn hwy o ryw fymryn, ac yna'n ddisymwyth fe bylodd golau'r lamp fechan. Yn raddol, aeth yn llai a llai llachar ac yna diflannodd yn llwyr, gan adael dim ond y weiren fechan ar ganol y bwlb i ddisgleirio yn y tywyllwch.

"Damio'r batris yma." Ni fyddai Leah byth yn un am regi, ond roedd y tyndra'n ormod iddi. "Pam na fedre'r batris ddewis gwell amser i roi'r gorau iddi?" Doedd hi ddim yn disgwyl ateb, ond fe ddaeth, a'r ateb hwnnw'n ddychryn,

"Nid y batri yw e. Maen nhw wedi penderfynu dod amdanom ni." Roedd llais Olwen yn gryg. Gallai Leah ei dychmygu'n rhythu ar fynedfa'r babell.

Cyn iddi orffen dweud y geiriau daeth storm o wynt gan rwygo'r fynedfa fel darn o we pry cop. Torrwyd yr encil cryf a ddaliai'r ddwy ochr at ei gilydd fel darn o bapur gwlyb a rhuthrodd y gwynt i mewn. Ceisiodd y ddwy ferch wthio'u hunain i gornel bellaf y babell. Cydiai'r gwynt ynddynt, ei anadl yn iasoer fel anadl yn syth o wlad yr iâ a'r eira tragwyddol. Gorweddai Siôn rhyngddynt, ei wyneb yn welw yng ngolau'r mellt oedd wedi ymuno â'i gilydd yn un golau llachar arallfydol.

"Dacw nhw!" Gallai Leah ddeall y geiriau uwch yr holl derfysg ac am eiliad dychmygai ei bod yn gweld rhyw bethau duach na düwch y creigiau'n symud yn wyllt y pen draw i'r llechwedd agored. Gydag ymdrech trodd ei chefn ar y drychiolaethau ac edrychodd ar ei chwaer. Roedd ei gwefusau'n crynu ond medrai weld ei bod yn ceisio siarad, un ai â hi ei hun, neu â rhywun na fedrai Leah mo'i weld. Yn sydyn, diflannodd y golau rhyfedd. Tawodd cynddaredd y gwynt ryw ychydig. Nid oedd y storm yn ddim byd ond storm bellach. Storm a fyddai'n debyg o gael sylw ar y teledu wrth iddi yrru pob cwch, bach neu fawr, i chwilio am loches, ond storm y gallai Leah ei hadnabod fel hynny a dim arall.

Roedd Olwen wedi symud, synhwyrodd Leah fod ei chwaer wrth fynedfa'r babell. Roedd yn siarad, roedd yn dadlau â rhywun — yn ceisio dal pen rheswm â rhywun. Ymhen eiliad roedd bargen wedi'i tharo. Cydiodd Olwen yn ei llaw,

"Dere," meddai, "a phaid â gollwng dy afael ta beth fydd yn digwydd."

"Beth am Siôn?" holodd.

"Fe fydd Siôn yn iawn am ychydig, fe ddown i'w nôl wedi hyn. Ti ac nid Siôn yw'r broblem. Dere, neu fe fydd yn rhy hwyr."

Roedd fel digwyddiad mewn breuddwyd — pob dim yn

glir a synhwyrol ac eto'n afreal. Dilynodd ei chwaer, roedd honno'n gwybod yn union ble i anelu amdano. Roedd hi'n anodd croesi'r llechwedd — roedd y gwynt, bron fel y tonnau'n torri ar lan y môr, yn cydio amdani ac yn ceisio'i gwthio yn ei hôl. Cydiodd yn dynn yn llaw Olwen, ac yn araf, er gwaethaf pob ymdrech o eiddo'r gwynt, cyrhaeddodd bron hyd at ymyl y llechwedd ac yna aeth y frwydr yn drech na hi. Gwthiai Olwen ei ffordd ymlaen ond ni fedrai Leah ei dilyn, roedd yn cael ei dal fel gan gadwyn, ni fedrai osod un droed o flaen y llall. Teimlodd ei llaw yn llithro o afael ei chwaer. Roedd nodyn o ddychryn yn llais Olwen,

"Dal dy afael, dal dy afael a gofyn am gymorth Brynach! Gofyn! Gofyn!" Roedd y gorchymyn yn llais ei chwaer yn rhy gryf i'w ddiystyru. Yn ddiarwybod iddi, llithrodd y geiriau dros ei gwefusau,

"Brynach! Brynach! Cynorthwya fi!" Am eiliad nid ymddangosai bod dim wedi digwydd, yna'n sydyn syrthiodd peth o'r rhwystrau i ffwrdd, symudodd yn ei blaen ac roedd yn dilyn ei chwaer drwy agen rhwng dwy o'r creigiau a amgylchynai'r llechwedd agored ar gopa'r mynydd.

Roedd y gweddill yn gymharol hawdd. Dilynai gamau Olwen a gosod ei thraed yn union yn ôl traed ei chwaer. Gwyddai Leah fod y llwybr yr ochr yma i gopa'r mynydd yr un mor anodd a garw â'r un roeddent wedi'i ddringo yng ngolau dydd, ond roedd Olwen fel petai'n medru symud yn gyflym ac yn sicr heb unrhyw arwydd o lithro ar y cerrig gwlyb. Cyn pen dim sylweddolodd eu bod ar dir mwy gwastad. Yn y tywyllwch gallai synhwyro fod y rhedyn yn uchel o'u cwmpas ac yna, yn sydyn, roedd y rheiny wedi mynd, a'r ddwy ohonynt yn cerdded ar laswellt neu grawcwellt.

Arweiniodd Olwen hi i gysgod craig hir. Roedd Olwen

yn ymddangos fel pe bai yn hollol sicr ei bod wedi cael gafael ar y lle roedd wedi bod yn anelu ato,

"Gorwedd yng nghysgod y garreg. Mi fyddi'n glyd yma."

Ac roedd hi'n glyd ac yn gynnes yno, yn hollol fel pe na bai'r glaw wedi llwyddo i wlychu'r crawcwellt. Amgylchynai hwnnw hi fel breichiau cynnes, cysurlawn. Roedd yn barod i foddi'i hunan ym moethusder y lle pan gofiodd am Siôn druan. Cododd ei phen — roedd Olwen wedi mentro allan i'r storm unwaith eto ac yn mynd i ffwrdd. Ai cysgod du, neu rywun tal, tenau oedd wrth ei hochr?

"Olwen! Olwen!" gwaeddodd, "Beth am Siôn?" Ceisiodd godi.

"Aros lle rwyt ti fenyw," meddai llais cras. Doedd dim byd yn gas ynghylch y llais, ond roedd y math o lais na fedrai Leah fyth feddwl am anufuddhau wrtho. Edrychodd i fyny i gyfeiriad copa Carn Ingli. Daliai'r mellt i fflachio o'i gwmpas a gallai glywed bygwth dwfn y taranau. Dylai wneud ymdrech i geisio codi a mynd yn ôl yno i ddod â Siôn i lawr atynt — hi wedi'r cyfan oedd yr hynaf a hi ddylai geisio'i achub! Ond roedd fel pe bai wedi diosg pob cyfrifoldeb dros Siôn ac Olwen ac wedi'i drosglwyddo i rywun arall. Roedd hwnnw'n gysgod du dieithr, yn ffigwr tal, tenau wrth ochr ei chwaer. Roedd y tri ohonynt mewn dwylo diogel, caeodd ei llygaid a chysgodd.

XII

Hanner deffrodd Leah yn ystod y nos a sylweddolai fod Siôn yn gorwedd wrth ei hymyl. Doedd dim sôn am Olwen yn unman ond er syndod iddi, nid oedd ei habsenoldeb yn ei phoeni a chysgodd eto. Roedd wybren y dwyrain yn goleuo a'r wawr ar dorri pan ddihunodd. Sylwodd fod y garreg wrth ei hochr wedi cael ei symud. Roedd wedi diflannu. Roedd Siôn yn gorwedd wrth ei hochr, roedd yn welw ond yn anadlu'n rheolaidd yn ei gwsg. Doedd braidd dim ôl o'r clwyf ar ei dalcen. Olwen! Ble roedd Olwen? Cododd ar ei heistedd a gwelodd hi draw yn y pellter. Ni fedrai fod yn siwr, ond yn hanner golau'r wawr ymddangosai fel pe bai'n siarad â chraig! Yna, symudodd y graig tuag at un o'r carnau o gerrig rhyngddynt a'r gwastadedd oedd yn arwain at Fedd Morus. Gwelodd ei chwaer yn chwifio braich uwch ei phen ar y graig, a diflannodd honno y tu ôl i'r Garn. Yna, trodd Olwen ar ei sawdl a dod yn ôl ati.

Camai'n ysgafn a bywiog drwy'r rhedyn a'r eithin. Roedd gwên ar ei hwyneb, hongiai'i gwallt tenau'n sgilpiau hir o gwmpas ei phen, glynai darnau gwlyb ohono wrth ei bochau a'i gwddf. Roedd ei choesau main yn sgathriadau a chleisiau i gyd ond, er hynny, roedd sbonc yn ei cham,

"Leah!" meddai, "dyma ti wedi deffro."

Nodiodd Leah.

Carn Ingli o'r dwyrain.

"Mae storom Awst drosodd ac fe fyddwn ni'n iawn bellach," ychwanegodd yn siriol.

"Beth ddigwyddodd?" holodd Leah.

"Rydym ni wedi dianc, dyna i gyd sy'n bwysig. Dere, fe awn i fyny i nôl yr hyn sy' ar ôl o'r pebyll a'r offer. Fe gaiff Siôn gysgu... Na, paid â'i gyffro. Rhaid iddo aros dan yr wrthban 'na tan i'r haul ei ddeffro. Dwyt ti ddim wedi blino gormod i ddringo i fyny i'r copa 'na wyt ti?"

Ysgydwodd Leah ei phen a dilyn ei chwaer. Pan safodd y ddwy wrth y creigiau enfawr a amgylchynai'r gaer ar ben y mynydd, cafodd gyfle i holi,

"Ble clywest ti'r gair gwrthban? Blanced fyddet ti'n ei galw gartre."

"Dyna beth oedd e'n ei alw," atebodd Olwen.

"Pwy ydy'r *e* 'ma — yr un helpodd ni ddod i lawr o'r lle 'ma?"

"Ie, fy sant gwarcheidiol i — yr un sy'n mynd i edrych ar f'ôl i," meddai Olwen fel pe na bai'n disgwyl i neb synnu wrth ei geiriau. Yna, i droi'r sgwrs, "Dere, fe fyddwn allan ar yr hen le 'na wrth i'r haul ei daro."

Edrychai'r lle roedden nhw wedi gwersylla ynddo fel maes y gad wedi brwydr. Roedd eu pabell wedi'i rhwygo'n stribedi hir o ddefnydd, fel gan ddwylo ynfytyn. Doedd dim un arwydd o babell Siôn yn unman. Roedd wedi diflannu oddi ar wyneb y ddaear. Dosbarthodd y ddwy bob dim cystal ag y medrent — un bwndel o bethau oedd yn dda i ddim ond eu taflu, a'r llall yn bethau allai fod o ddefnydd eto, wedi iddyn nhw gael eu golchi a'u glanhau. Yna, i lawr â nhw at ei brawd. O ben y mynydd, gallai Leah weld ei fod yn gorwedd yn union ar ganol y llecyn gwyrdd, agored a alwyd yn Faes Brynach gan Ifan Pen Cnwc.

"Aros yma gyda fi," meddai Olwen gan eistedd ar graig ychydig yn uwch na'r maes. "Fe adawn ni i'r haul ddeffro Siôn."

Roedd rhywbeth yn poeni Leah'n fawr, "Wyt ti'n cofio dod â fi lawr y ffordd hyn?"

Nodiodd Olwen ei phen. "Ges i gysgod y tu ôl i graig fawr on'd do?

"Do, do," atebodd Olwen.

"Wel, ble mae'r graig 'na nawr?"

"Fe aeth â hi gydag e. Welest ti mohono'n mynd â hi gydag e draw ar hyd y topiau 'na?"

"Doedd e ddim i'w weld yn glir iawn."

"Wel, roedd e'n cario'r garreg gydag e. Mae'n mynd â hi gydag e i bob man. Rhai fel'na yw'r saint ti'n gwbod... Dere, mae Siôn ar ddeffro," ac fe adawyd llawer mwy o ddryswch ym meddwl Leah na chyn iddi ddechrau holi, wrth iddynt fynd i lawr at y man lle gorweddai Siôn.

Reodd haul y bore'n dechrau dringo dros grib y mynydd a gallent weld yr heulwen yn symud at wyneb eu brawd. Roedd pob arwydd o'r storm wedi diflannu, ar wahân i gymylau bychain gwyn ymhell allan dros fôr y gorllewin. Trawodd y pelydrau cyntaf ar dalcen Siôn. Am eiliad cochodd y briw ar ei dalcen a llosgi fel marworyn ac yna, yn raddol bach, pylodd y cochni a diflannu o flaen eu llygaid gan adael dim byd ond llinell denau, wen ar ei ôl.

Agorodd Siôn ei lygaid. Cododd ei law o dan y garthen arw a rhwbio'r man lle bu'r clwyf. Daeth golwg o syndod dros ei wyneb wrth iddo weld ei ddwy chwaer yn sefyll uwch ei ben ac yn gwenu arno.

"Rydw i wedi cael digon ar yr hunllefau 'ma," meddai a chyffyrddodd y ddwy â'i law i wneud yn siwr nad oedd yn dal i freuddwydio, "Shwd ddes i lawr fan hyn?" holodd. Cyn iddynt gael cyfle i ateb aeth yn ei flaen.

"Rhaid 'mod i wedi cael damwain, 'werth dydw i'n cofio dim byd ond dechrau'r storm 'na a'r hunllef..." a thawodd. Gorweddodd yno'n llonydd am eiliad ac yna, fel pe bai wedi bod wrthi'n meddwl rhagor, ychwanegodd, "Diolch i ti am ddod â fi lawr o'r lle erchyll 'na, Leah."

"Nid i fi, i dy chwaer fach di, mae'r diolch."

"Ond fedret ti fyth fy symud i Ol, ... a dod i lawr yr hen lwybrau garw 'na."

"Fe ges i help," atebodd Olwen, "ac mae'n syndod yr hyn mae rhywun yn gallu'i wneud gyda thipyn bach o gymorth." Ac fel pe bai hithau wedi cael hen ddigon ar y siarad, ychwanegodd, "Dewch, y ddou ohonoch chi. Wnawn ni ddim rhagor o gerdded y gwyliau 'ma — dim ar ôl colli hanner yr offer yn y storm. Dewch, rhaid i ni fynd i Drefdraeth a chael gafael ar ffôn cyn i Anti Nel godi'i chwt a diflannu am y diwrnod."

Edrychodd Leah arni; roedd rhywbeth mawr a phwysig wedi digwydd i'w chwaer... roedd rhywbeth wedi rhoi sicrwydd a phendantrwydd a'r gallu i drefnu iddi. "Ac i ble mae'r hen Olwen ansicr, freuddwydiol, anymarferol yna wedi mynd?" meddyliodd.

XIV

Roedd Anti Nel yn llawn siarad a ffws a ffwdan wrth iddi yrru ei ffordd tua thre. Fel gyda'i gyrru, roedd ei sgwrs yn tueddu i wibio'n sydyn o un peth i'r llall,

"Hen storom ddigon cas... ond 'na fe, fe ddwedes i wrthoch chi, on'd do? Ond wrandawiff neb arna i... Ta faint bregethiff rywun, rhaid dysgu yn ysgol profiad sbo... ...Pethe digon rhyfedd yw stormydd Awst, fe allan nhw fod yn waeth o lawer na stormydd mis Mowrth neu fis Hydre' — mor annisgwyl rywsut — ond dyna fe, fe ddylen ni fod yn barod amdanyn nhw... Dim gair wrth eich tad am hyn, neu chlwa' i ddim diwedd arni — eich esgeuluso chi, dim edrych ar eich ôl — er ei waith e ddyle 'ny fod...

W.w. falle gallwch chi ddod i rai o'r cyngherdde nawr. Ma'r offeren yn siapo'n dda, ond wn i ddim am y gerddoriaeth fodern 'na... Wn i ddim shwd mae pobol fel yr Hoddinott a'r Mathias 'na'n disgwyl i chi ganu'u pethe nhw... wir i chi..."

"Fe ddo i i'r cyngerdd gyda chi Anti Nel," meddai Olwen.

"Wnei di wir, roces? Does dim rhaid i ti cofia." Roedd Nel wedi'i synnu braidd.

"Hoffwn i wrando ar offeren yn yr Eglwys Gadeiriol yn Nhyddewi. Mi fydd yn mynd â fi nôl i'r gorffennol — ac yn fath ar ddiolch."

"Diolch am i chi gael dianc heb ddim byd gwa'th na cholli'r tentie?" holodd Anti Nel.

"Ie, ond diolch am yr hen seintiau hefyd."

Edrychodd Leah ar Olwen, gan synnu fwy a mwy at y ferch ryfedd o chwaer oedd ganddi. Cyn bod cinio wedi'i orffen bron, roedd Anti Nel, yn llawn ffrwst a ffwdan ar ôl chwilio am ei chopïau canu, wedi saethu i ffwrdd fel bwled, yn yr hen gar bychan. Roedd y tri ar eu pennau eu hunain unwaith eto.

"Rydw i'n mynd i'r gwely am sbel," meddai Siôn, ac i ffwrdd ag ef.

Eisteddai Olwen wrth y bwrdd yn edrych ar y llestri brwnt heb wneud yr un ymdrech i'w clirio a'u golchi.

"Ol, rydw i'n mynd i weld ei fod e'n iawn," meddai Leah.

"Ie, gwell i ti," atebodd ei chwaer.

"Wnei di glirio'r llestri a'u golchi?"

"Oes raid i mi?" Doedd Olwen ddim wedi gwella cymaint â hynny. Roedd peth o'r hen Olwen grintachlyd, anodd, yn dal yno o hyd. "Roeddwn i wedi meddwl cael cyfle i fyfyrio dros bethau," ychwanegodd.

"Fe gei feddwl, cymaint ag y leici di, ar ôl i ti glirio," meddai Leah wrth iddi ddiflannu.

Edrychai Siôn yn welw iawn yn gorwedd dan y dillad. Doedd cwsg ddim yn agos ato.

"Wyt ti'n iawn, Siôn?" holodd Leah.

"Rydw i'n oer — methu cael fy ngwres."

"Ie, fe fues ti'n gorwedd allan yn y glaw mawr 'na a'r gwynt."

"Ond roedd hi mor glyd a chynnes dan yr hen flanced 'na. Fel pe na bai neb na dim yn gallu..."

"Yn gallu beth?"

"Yn gallu creu niwed i fi bellach. Cyfle i gael gwared ar yr holl ofnau a'r hunllefau..."

"Roedd ofn arnon ni i gyd, rydw i'n siwr."

"Ol hefyd?"

"Oedd, fe gafodd Ol ofn hefyd — ofn ofnadwy pan ddiffoddodd y golau."

"Ro'n i'n siwr eu bod nhw am fy lladd i."

"Nhw? Y storm rwyt ti'n ei feddwl."

"Ie, maen rhaid — rhaid mai dychymyg oedd y peth. Ond roedd yr hen bobol 'na am fy lladd. Gweiddi a sgrechian yng nghysgod y creigie 'na. Yn hyll a du a…"

"Y gwynt, mae'n rhaid…"

"Ac yna'r saethau, fel fflamau o dân… roeddwn i'n meddwl eu bod nhw wedi llwyddo." A chododd Siôn ei law i gyffwrdd â'r llinell wen ar ei dalcen.

"Carreg, carreg fechan — y gwynt wedi'i chipio a dy daro di ar dy ben — fe godais hi o blygion dy anorac."

Diystyrodd Siôn yr awgrym, roedd yn methu gadael y profiad o gwbl,

"R'on i'n marw, ti'n gwbod."

"Hist, Siôn bach."

"Wir nawr — roedd y peth yn llosgi ac yn llosgi." Cododd ei law at y graith, a edrychai'n ddim ond llinell fechan wen ar ei dalcen, unwaith yn rhagor, "Roedd e'n llosgi a llosgi'n ddyfnach pob eiliad, yn llosgi'i ffordd drwy'r croen a'r asgwrn i mewn i'r pen, ac at yr ymennydd."

"Dyna ni — paid poeni dim mwy, mae'r cyfan drosodd. Cysga nawr, Siôn, cysga." Ac fel plentyn bach yn ufuddhau i'w fam, caeodd Siôn ei lygaid. Daeth murmur o'i wefusau,

"Mi fyddai'n dda gen i fod dan y garthen 'na eto." A chysgodd. Roedd Leah'n falch o weld fod y llinellau o dyndra o gwmpas ei geg wedi diflannu. Ochneidiodd, ac aeth i weld beth oedd wedi digwydd i'r aelod arall o'r teulu oedd yn cymaint o boen a blinder iddi.

Roedd y llestri wedi'u clirio o'r bwrdd ac wedi'u golchi.

"Mae pethau'n gwella," meddai wrthi'i hun, cyn mynd

allan i'r ardd. Dyna ble roedd y 'broblem'. Roedd yn amlwg ei bod yn dal ar y cyfle i fyfyrio. Eisteddai yn yr union fan lle bu'r diwrnod hwnnw pan oedd Leah a Siôn yn ceisio'i denu i ymuno â nhw ar y daith gerdded. Roedd yr un garthen ar y glaswellt a'i chefn yn pwyso'n erbyn y goeden, ei dwy law yn gorwedd ar y llawr wrth ochr ei choesau gwyn, main. Gellid tybio nad oedd dim amser wedi mynd heibio, ac nad oedd y daith yn ddim ond breuddwyd oni bai am rywbeth ynghylch y ffordd y daliai ei phen. Rhyw osgo yn y corff, neu rywbeth tebyg, oedd yn adlewyrchu rhyw sicrwydd a hyder roedd wedi'i fagu yn ystod helyntion y dyddiau hynny. Syllai Olwen i'r pellter. Wythnos yn ôl ni fyddai Leah wedi cymryd y sylw lleiaf o fyfyrio ei chwaer, byddai wedi torri ar ei thraws yn hollol ddiseremoni. Heddiw, safodd yn dawel am ychydig, yna eisteddodd ar y fainc y tu allan i ddrws y cefn. Oddi yno, fe allai wylio'i chwaer tra'n aros am gyfle i dorri ar draws ei myfyrdod.

Ni fu'n rhaid aros yn hir,

"Leah, rydw i'n gwybod dy fod di yno yn fy ngwylio. Un ai dwêd rywbeth neu cer bant."

Aros am gyfle i gael gair gyda ti a dim eisiau torri ar draws dy fyfyrdod."

"Rwyt ti'n gw'bod beth, fy chwaer annwyl, roedd e'n eitha iawn yn dy gylch di, fel mae e gyda phob dim arall. Rwyt ti'n bresenoldeb sy'n gallu creu aflonyddwch ble bynnag rwyt ti. Fedrith neb ddianc rhag dy bresenoldeb di."

"Mae'n ddrwg 'da fi," meddai Leah, wedi gweld chwith ac yn codi i fynd.

"Na, dere 'ma," meddai Olwen gan gyfeirio at le wrth ei hymyl ar yr hen flanced. Wedi iddi eistedd, rhoddodd ei braich denau am ysgwyddau'i chwaer, "Nid presenoldeb gas, ond presenoldeb sy'n aflonyddu — rwyt ti'n rhy gryf i fedru cuddio dy hun a bod yn dawel. Dyna beth oedd yn ei wneud e'n amharod i fynd â ti lawr o le'r cythreuliaid 'na."

"O?" holodd Leah gan obeithio am fwy o esboniad, ond fe aeth Olwen yn ei blaen,

"Mae rhywbeth arall yn dy boeni di on'd oes? Dyna beth yw rhan o'r aflonyddwch 'na sy' ynghylch dy bersonoliaeth di. Beth sy'?"

"Poeni am Siôn 'dw i. Mae'i ben yn llawn o ryw syniadau ffôl am gael ei ddwyn yn ôl i'r byd 'ma pan oedd yntau ar fin marw."

"Nid syniadau ffôl yw peth fel 'na. Fe fu e bron â mynd."

"Ond mae'n dal i deimlo'n oer a dieithr!"

"Mae'n siwr ei fod e, ac fe fydd am getyn hefyd."

"Mae'n gweld eisie cysur y garthen oedd amdano..."

"Ydy, siwr, roedd y gwrthban 'na'n dda — gallai ddwyn clydwch a chysur i bawb. Ond roedd rhaid iddo fe ei gael yn ôl. Doedd dim byd arall gydag e i'w gysuro yn ystod ei grwydriadau."

"Wel ble mae'r gwrthban erbyn hyn?"

"Gyda Brynach, fe dd'wedes i ei bod yn rhaid iddo ei gael."

"Ond mae'n rhaid ein bod ni wedi'i adael ar ôl ar y mynydd."

"Do. Fe wnes i'n siwr ein bod ni'n ei adael iddo ar Faes Brynach. Fe ddaw i'w nôl — fe ddaw i'w nôl."

Roedd hi mor sicr o'i phethau fel na allai Leah feddwl am un ffordd y gallai dorri ar ei hunanfeddiant. Eisteddodd wrth ei hochr am hydoedd heb ddweud yr un gair, roedd rhyw lonyddwch ynddi bellach a'r hen ysbryd aflonydd, tynnu'n groes, wedi diflannu. Hi, Leah, oedd yn teimlo'n anesmwyth wrth geisio dyfalu beth oedd yn mynd yn ei flaen y tu mewn i ben y ferch ryfedd hon gyda'r llygaid a fedrai weld ymhell hyd yn oed pan oeddynt yng nghau.

"Leah," meddai, "rwyt ti'n hynod aflonydd dy ysbryd. Does dim rhaid i ti boeni amdana i, nac am Siôn — wel, ddim am ychydig, beth bynnag. Cer am dro i rywle — mae 'na ddigon o leoedd o gwmpas. Cer i gerdded a rho lonydd i fi fyfyrio ac i Siôn wella."

A dyna a wnaeth Leah.

XV

Roedd Gwynfor Lloyd Jones, Cynhyrchydd Rhaglenni Dogfen i'r teledu, ar dân eisiau mynd yn ei ôl. Roedd wedi trefnu'r bagiau a'u rhoi'n daclus yng nghludydd y Volvo ac yn ei chael hi'n anodd i guddio'i ddiffyg amynedd wrth i Nel gymryd ei hamser i ffarwelio â'r plant. Roedd Nel wedi gadael Olwen tan y diwedd,

"Olwen fach," meddai gan osod ei dwylo ar ysgwyddau'r ferch, ac edrych ym myw ei llygaid, "Rydw i wedi cael 'y nghodi i ddweud yr union beth sy' ar 'y meddwl i. Ac rwyt ti wedi diodde mwy nag un o'r plant erill 'ma o effaith min 'y nhafod i. Mae pawb yn dweud mai roces fach anodd ei thrin wyt ti — ond cofia di hyn — mae 'na un, dy Anti Nel, fydd bob amser yn falch dros ben i dy weld di. Dere lawr i'm gweld i pa bryd bynnag fydd gen ti siawns. A phan na fydd siawns, wel gwna gyfle i ddod i weld dy hen Anti, wnei di?" A chofleidiodd hi.

"Wel, mae'n amlwg dy fod di wedi bod yn llai o dreth ar bawb y gwyliau yma Ol," meddai Gwynfor Lloyd Jones wedi iddo gael y car ar y briffordd a suddo yn ei ôl y tu ôl i'r olwyn. Ni ddaeth yr un ymateb. "Gwyliau da bawb?" holodd eto gan edrych ar y ddwy ferch yn y sedd gefn drwy ddrych y gyrrwr. Leah oedd yr unig un i ymateb.

"Gwyliau di-fai. Aethon ni am daith gerdded ar hyd y mynyddoedd. Ar hyd llwybr yr aur."

"Gawsoch chi hyd i drysor?" holodd y tad.

"Do, a naddo," atebodd Leah, a chyn i Gwynfor Lloyd

Jones gael cyfle i ddilyn y trywydd, ychwanegodd Olwen.

"Fe gawson ein dal mewn storm. 'Storom Awst' oedd Anti Nel yn ei galw. Reit allan ar ben Carn Ingli. A cholli'r ddwy babell. A bron boddi yn y glaw."

"Beth oedd ar eich pennau chi'n cael eich dal fan 'na o bob man. Pam na fyddet ti'n edrych ar ôl dy chwiorydd yn well Siôn?"

"Fedrai Siôn ddim mo'r help. Fe sigodd ei figwrn." Roedd Leah'n barod i amddiffyn ei brawd. Ac roedd hynny'n ddigon o gyfle i'r tad newid y trywydd.

Cyn pen dim, roedd wrthi, yn ôl ei arfer, yn ei morio hi. Adroddodd hanesion ei anturiaethau yntau ar hyd y mynyddoedd a'r topiau. Pwysleisiodd pa mor bwysig yr oedd hi i bobl ifanc, yn enwedig y rhai oedd wedi'u magu mewn dinas, yng nghanol pob moethusrwydd, i wynebu perygl a chaledi weithiau. Yn ei siwt ysgafn, ffasiynol yn y sedd foethus yn tu ôl i'r olwyn lywio, aeth ati i restru'r manteision a ddaethai i ran bechgyn tlawd, cefn gwlad, fel yntau, o'u magwraeth. Efallai, meddai, y gallai'r profiadau ar ben Carn Ingli fod yn gyfrwng i wneud y tri ohonynt yn gymeriadau mwy cadarn, mwy dibynnol.

Daeth y siwrnai i ben. Wedi eu hebrwng i'r tŷ roedd ganddo newyddion,

"Mi fyddaf yn symud yn ôl atoch chi — fe fyddwn yn deulu cytûn unwaith yn rhagor. Mae'ch mam a minnau wedi cael trafodaeth hir — a dyna, yn ein barn ni'n dau, fyddai'r peth gorau i bawb." Roedd hyn yn newyddion da i'r tri, ond teimlai'u tad nad oedd yr adwaith yn ddigon gwresog, "Wel, dydych chi ddim i weld yn hapus iawn, ydych chi?"

Atebodd Leah ar ran y lleill,

"Wrth gwrs ein bod ni. Bydd yn braf eich cael chi'n ôl."

"Ac efallai gwnaiff Mam ail-gydio yn y coginio arbrofol 'na," ychwanegodd Olwen. Roedd hyn yn plesio.

"Ac fe gawn ni'n dau gyfle i grwydro tipyn," meddai'r tad, gan daro Siôn yn ysgafn ar ei ysgwydd, "a dangos i'r rhyw deg 'ma beth yw gwir ystyr cerdded a gwersylla." Roedd yn benteulu unwaith yn rhagor ac ar dân i ddechrau trefnu bob dim, "Nawr Ol, fe gawn ni ddechrau gyda ti. Rydw i wedi cael gafael ar arbenigwr ar afiechydon y croen — y gorau yn Ewrop — dyna yw'r sôn, ac fe gawn wared ar y clefyd 'na i ti."

"Does dim eisiau i chi drafferthu," atebodd Olwen, "mae'r anturiaethau 'na a'r cyfle i ddod i gyffyrddiad agos â natur wedi gwneud y peth drosto i. Drychwch Nhad," meddai a gwthiodd ei dwylo a'i breichiau noeth dan ei drwyn.

Doedd dim ôl dim o'r croen marw arnynt. Roedd y croen fel pe bai'n disgleirio, a rhyw iechyd mewnol yn mynnu cael mynegiant yn ansawdd y cnawd.

"Diwedd y byd, rwyt ti'n iawn, Ol. Mi fyddi mor bert â dy chwaer. Byd rhaid cadw'r bechgyn ifanc 'na bant o'r tŷ 'ma. Mi fyddan yn heidio 'ma fel gwenyn wrth weld dwy ferch bert fel y ddwy ohonoch chi yma. Bydd rhaid cael dy help di, Siôn, i'w cadw nhw draw."

"Dydw i ddim yn meddwl y bydda i fyth mor bert â Leah," meddai Olwen, "ond does dim ots am hynny. Roeddwn i wedi meddwl mynd yn lleian, ond efallai y newidia i fy meddwl a phriodi rhyw fab ffarm i fyny yn y Preselau 'na wedi'r cwbwl."

"Paid ti â dibynnu gormod ar Wil Cefn Morfil — tynnwr coes mwya'r plwy yw e cofia," meddai Siôn. Chwarddodd Leah a gwenodd Olwen.

"Paid di â bod mor siwr, Siôn Jones. Falle yr â i am dro i weld y mab 'n sy ganddo y tro nesa y bydda i'n aros gyda Anti Nel."

Gwenodd Gwynfor Lloyd Jones. Peth braf oedd gweld y teulu'n un cytûn unwaith eto, a gweld Siôn, hyd yn oed,

yn barod i dderbyn ffolineb a ffantasïau ei chwaer ifanc,
ryfedd.

XVI

Cyn dychwelyd i'r ysgol, roedd gan Leah ddau beth oedd yn rhaid eu gwneud. Galwodd yn yr Amgueddfa Genedlaethol a gofyn am yr adran henebion. Oedd, mi roedd y garreg fechan yn dyddio nôl i Oes y Pres. Pen saeth, dyna oedd barn yr arbenigwr, ac yn ôl y rhai oedd yn astudio'r maes, roedd hi'n arfer gan y milwyr osod gwenwyn ar hyd ymylon y garreg.

Oddi yno, aeth i lawr i'r llyfrgell. Bu'n darllen ac yn chwilota am ddiwrnod cyfan. Yn ei dyddlyfr, yr un fydd hi'n ei gadw'n gudd dan y pentwr o'i phrif drysorau yn y drôr cloëdig yn ei hystafell wely, mae'r cofnod hwn:-

BRYNACH SANT
'Sant a fu fyw rhwng diwedd y bumed ganrif a dechrau'r chweched. Gwyddel a ddychwelodd i lecyn ar afon Gwaun ar ôl cyfnod yn Llydaw a phererindod i Rufain. Symudodd i bentref Nanhyfer lle mae'r groes yn y fynwent a adnabyddir fel croes Brynach.

Bu'n byw bywyd o feudwyaeth lem a dywed un chwedl iddo gael ei demtio gan griw o widdoniaid (*witches*) a ddawnsiodd yn noethlymun o'i flaen er mwyn ceisio'i demtio i roi'r gorau i'w fywyd meudwyol. Efallai bod hyn yn rheswm dros iddo ddrwgdybio merched — yn enwedig rhai prydferth, ar hyd ei oes. Roedd hefyd yn dilyn arferiad cyffredin iawn ymysg y seintiau cynnar o gario'i garreg fedd ar ei gefn i bob man...'

Tybed ydy hyn yn esbonio pam y cês i hi mor anodd i ddianc o'r llecyn ar y noson ofnadwy honno? A'r garreg a fu'n gysgod i mi? Dwli, rhaid mai dwli yw'r cyfan, ond tybed? Wn i ddim... wn i ddim yn wir...